消失的湖系列

消 失 的 湖

[美] 伊丽莎白·恩赖特◎著

何利锋◎译

CHISO 新疆青少年出版社

图书在版编目（ＣＩＰ）数据

消失的湖 / (美) 伊丽莎白·恩赖特著；何利锋译
. -- 乌鲁木齐：新疆青少年出版社, 2023.4
（消失的湖系列）
ISBN 978-7-5590-9333-2

Ⅰ.①消… Ⅱ.①伊… ②何… Ⅲ.①儿童小说 – 长
篇小说 – 美国 – 现代 Ⅳ.①I712.84

中国国家版本馆CIP数据核字（2023）第042391号

消失的湖
XIAOSHI DE HU

[美]伊丽莎白·恩赖特 著

何利锋 译

出版发行	新疆青少年出版社有限公司	
社　　址	乌鲁木齐市北京北路29号	
电　　话	0991—6239231（编辑部）	
经　　销	各地新华书店	
印　　刷	三河市金泰源印务有限公司	
法律顾问	王冠华 18699089007	
开　　本	650mm×940mm　1/16	
印　　张	11	
版　　次	2023年4月第1版	
印　　次	2023年4月第1次印刷	
书　　号	ISBN 978-7-5590-9333-2	
定　　价	42.00元	

新疆青少年出版社有限公司官网　http://www.qingshao.net
新疆青少年出版社有限公司天猫旗舰店　http://xjqss.tmall.com

CHISO SINCE 1956 新疆青少年出版社

致奥利弗

消失的湖

目 录

一、一切的开始

波西亚·布莱克和她的弟弟福斯特出发前往克雷斯顿的那个夏天不同于其他的夏天，这是他们首次独自旅行。福斯特只有六岁半，但是波西亚，正如她自己所说，已快十一岁了。

"我们已经够大了，"面对父母的担心，波西亚这样说服他们，"哎呀，会发生什么呢？我们两个人，福斯特可以做伴，他就坐在座位上看着窗外。他不像其他的男孩，既不哭闹，也不在走廊上跑来跑去，他在火车上一直很乖。"

福斯特也兴奋地央求道："让我们一起去，好吗？妈妈，爸爸，好吗？"

于是现在，他们已经并排坐在舒适的蓝色车厢的座位上，像两个三十岁的大人一样，愉快地看着窗外。当然，他们的父母为他们送了行，并叮嘱售票员照看他们，但这似乎已经是很久以前的事了。城市渐渐远去，乡下，真正的乡下，从火车两旁飞快地掠过。当时是六月，六月是最好的时光，院子里种满了玫瑰，地里长满了黄色的花朵，树叶茂盛，青草细软。

波西亚一家总是在六月坐火车去克雷斯顿。每年夏天他们都去乡下，看望杰克·贾曼叔叔和希尔达婶婶及表哥朱利安。他们的母亲总是与他们一起出发，父亲会迟一些动身。他们一家会在乡下待上一个月。但是今年，他们的父母要去欧洲，直到八月才会回来。

"朱利安是独子，可怜的家伙，"波西亚曾经跟她的新校友乔迪·哈里斯解释说，"我想我们在他身边的时候，他不会觉得太孤单。他冬天待在学校。他很优秀，几乎是各种活动的队长。他现在十二岁了。"

"他喜欢什么？"乔迪问。

"嗯，他一点也不喜欢自己的名字，"波西亚说，"我是说，'朱利安'这个名字听起来就像黑发的英俊贵族男孩，至少对我而言是这样——"

"我觉得这个名字像游艇上的男人，"乔迪说，"游艇上又胖又老的男人。"

"嗯，无论如何，朱利安有着笔直的红发，不算红吧，实际上是橙红色，留着平头，看起来非常帅。他的脸上有好多好多雀斑，有大有小，颜色就像他的头发，他说是因为吃了太多红萝卜的缘故。当他还是一个小孩子的时候，红萝卜是他吃的唯一蔬菜，除了早餐，他每顿饭都吃红萝卜，于是长成了橙红色。他是这么讲的，但是杰克叔叔总是说：'幸好吃的是红萝卜，不是菠菜。'"

"说得没错。"乔迪笑着说。

"你看不出来，朱利安是个一流的运动员，"波西亚继续说，"他总是把衬衫的袖子挽得高高的，蓝色的牛仔裤脚也卷得高高的，穿着漂亮的科迪斯帆布鞋，走起路来松松垮垮的，好像企鹅一样。尽管如此，他是学校的棒球队队长和足球队队长，他会滑雪、花样溜冰，还会五种花式跳水。他的门牙很大，似乎可以像海狸一样咬倒一棵树。他戴着眼镜，是个很友好的人。"

"但我想他演电影是不会成功的。"乔迪说。

现在在火车上，波西亚和福斯特一言不发，他们兴奋得不想说话。波西亚一想起朱利安，就望眼欲穿。她想到或提起朱利安时，就觉得他是个好人，他不像其他的大哥一样陌生和专横。她一些朋友的兄弟是很难相处的。福斯特当然不包括在内，他只有六岁半，大多数时候，他都很乖。但是，朱利安是波西亚最喜欢的伙伴。正如波西亚所说，朱利安对自然着了迷。他知道各种鸟儿、各种石头，甚至各种毛毛虫和青苔的名字。他很和善，也很谦虚，乐意与他人分享知识。波西亚不知道他今年会收集些什么。有一年，他收集蛇，还有一年，他收集茧和蝴蝶。他曾在水缸里养了三只小龙虾，也经常养乌龟……

"我已经迫不及待地想去那里了！"波西亚不耐烦地跳了起来，吓了福斯特一跳，不过他并没有恼怒。他正在思考外太空，这一直是他思考的问题。他家里有四个不同的宇宙飞行帽，当他独自玩耍的时候，你就会听到他的倒计时："五、四、三、二、一、零！发射！"然后，他抓起一只太空飞船的玩具在屋内飞跑，发出真空吸尘器一般的声音，只有他自己觉得这种声音像太空飞船。

"木星。"福斯特轻声说。

"什么？"波西亚问。

"木星，"福斯特重复道，"我刚想到，这是最大的一个。"

"最大的什么？"

"行星。"福斯特说。

"老实讲，"波西亚叹息道，"这个世界上，朱利安无所不知，你却一无所知，我在想啊，我知道什么呢？"

好在她这种忧郁的思虑被一位服务员打断了，他身穿白色外套，像是在独自游行。他穿过车厢，叫卖午餐。波西亚和福斯特只要一上火车，就会觉得肚子饿。他们立刻站起身来，直奔餐车，在靠窗户边的双人桌旁坐了下来。服务员将刀叉放在白色的餐桌布上，发出当当的响声，冰块咚咚地倒进了玻璃杯中。福斯特展开大餐巾，系在胸前。

"我喜欢这样子，你呢？"他低声说，"感觉很优雅。"

"我也喜欢。"波西亚说。她喜欢自己的弟弟，因为这一点，也因为这是他们第一次独自旅行，她让他想吃什么就点什么，福斯特选择吃馅饼。他先吃了一块苹果饼，接着吃了一块蓝莓的。作为饭后甜点，他又吃了一块苹果，上面还加了一个香草冰淇淋。朱利安总是说，福斯特的两大兴趣就是外太空和馅饼。

服务员是个很和善的人。"孩子，"他对福斯特说，"如果你不留意，当心满脸都是馅。"当然，他们都知道，他是在开玩笑。

至于波西亚，她上火车总是自带食物：一块大大的总汇三明治，她张开嘴都难以咬下；至于甜点，火车上有冰淇淋，她可以用勺子舀着慢慢吃。

福斯特吃饱了，向后倚靠在椅子上，舒适地叹着气。他是个英俊的男孩，波西亚心里想着。福斯特面色从容，蓝蓝的眼睛显得很严肃。他的棕发笔直，新剪头发时，比如现在，你可以看到两绺鬃发，仿佛头上的两个涡流。他喜欢穿钉着珠子和钉头的牛仔衫，鲜明的格子衬衫，衬衫上的袖章一直缝到袖口。他戴着治安官的徽章和其他古怪的徽章，他的皮带扣上镶着彩石。朱利安说，在强光下看福斯特时，应该要戴太阳镜。但是今天，因为他们在旅行，他身穿灰绒，显得很安静。

波西亚不怎么在乎自己的外表。她比较黑，深色的皮肤，深色的雀斑，深色的直发，额前留着刘海。眼睛也有点黑，她心想。当她微笑的时候，她面庞上最明亮的东西要数她的新牙套了。她是一个苗条的女孩，个子不高，但她不在意。她安慰自己，无论如何，她会长得很漂亮的，这是她的愿望。

午餐过后，他们回到自己的车厢。这辆火车名为本杰明·X·霍利。

"谁知道他是谁。"波西亚说。

"也许是他发明了火车。"福斯特猜测道。

"也许他是总汇三明治的发明者。"波西亚说，这种说法有点诙谐了。他们打着喷嚏，当其他人茫然地看着他们时，他们沿着走廊笑着回到座位上。

"克雷斯顿有多远？"福斯特问。自从他们离开这个城市后，他每隔五分钟或十分钟就要问一次这个问题。

"约一个小时的车程。"波西亚说。

他们静静地坐着。奶牛、城镇和田野从火车两旁掠过。过了一会儿，福斯特慢慢睡着了。波西亚凝视自己的弟弟，他睡觉时眼睛总是闭得紧紧的，他打着哈欠，不停地张合着嘴。哈欠是有传染力的，过了一会儿，她也开始打起了哈欠。

但当火车抵达克雷斯顿前的最后一站时，他们完全清醒过来，提着行李箱来到车门边。一股乡村的气味飘进来，福斯特兴奋得又蹦又跳，波西亚赶紧抓住了他。

"克雷斯顿！克雷斯顿！"神情严肃的售票员大声提醒着，引起了众人的注意。

"看看，他们在那里，他们在那里！"波西亚叫道，她自己几乎也在咆哮，"就是他们！朱利安和杰克叔叔！"

他们看见两张昂着头的脸，但很快就消失在人群中。火车继续前行了一会儿，随着两声咔嗒声和砰砰声，终于停下来。波西亚和福斯特拖着行李，下了火车。

"你们好！"杰克叔叔大声说着，把福斯特和他的随身行李举到空中。

"你嘴里是什么？"这是朱利安对波西亚说的第一句话。

"牙套。"她说着张开嘴，让他好好瞧一瞧。

"哎呀！你笑起来的时候，简直就像别克车的前脸！"朱利安说。

如果是别人这么说，波西亚肯定会发疯的。但是，朱利安说得很有礼貌，她也认可他的说法。当她微笑的时候，确实像

一辆别克车的前脸。

　　"嘿，你知道吗！"朱利安接着说，"凯蒂生小狗了！"

　　"哇！"波西亚尖叫道，"真棒！多少只？"

　　"五只，都是黑面孔。"

　　"能给我一只吗？"福斯特问。

　　"你和波西亚可以一起选一只，只要你父母同意。"杰克叔叔说，福斯特兴奋得跃向空中。

　　凯蒂是杰克叔叔家的拳狮犬，波西亚觉得它是自己见过的最像人的动物。它有一张伤心人的黑脸，长在一只狗的身躯上。波西亚还小的时候，喜欢把凯蒂当作附在狗身上的人看待——它就是一位公主，一位来自非洲的小姑娘或其他什么人。波西亚也几乎真的信了，因为那时候，她是相信魔法的。

　　"真好！"她又说。

　　"四只小公狗，一只小母狗，"杰克叔叔说，"它们刚开始学走路和吠叫，我们请你为它们取名，波西亚。"

　　杰克叔叔身材高大，一嘴胡子。他喜欢小朋友，小朋友也喜欢他。他把波西亚和福斯特的行李放在了旧车后面。

　　"开那辆车总是很刺激。"他们上车时，福斯特说道。波西亚知道他的意思。

他们驱车经过克雷斯顿、阿提卡，然后继续前行，因为今年杰克叔叔家买了一幢新房子。他们在阿提卡租房之前，杰克叔叔在当地出版了一种报纸——《阿提卡之鹰》。"但是新房子，"希尔达婶婶曾说，"是在地地道道的乡下。"

"虽然不算新，"朱利安解释说，"我的意思是，它已经有五六十年历史了。房子很整洁，房后有树，还有一条小溪，可以练习游泳或者泡泡澡。"

对于波西亚和福斯特来说，六月的乡下看起来非常漂亮。草地上柔软的青草在风中起伏，栏杆上爬满了各种各样的玫瑰。最后，草地和玫瑰消失了，只有树林，他们驱车进入大路。路边的邮箱上印着杰克叔叔的名字。

大路两边都长满了树，一只鸟儿从他们中间飞过，仿佛红灯一样。

"猩红比蓝雀。"朱利安轻轻说道，好像是他引起了鸟儿的出现。

"我们快到了吗？"福斯特问。他看起来嘴唇相当苍白，波西亚知道，他吃了馅饼之后兴奋不已，一路行车会让他感觉反胃。

"就在下一个转弯处。"杰克叔叔说。

"你会没事的。"波西亚告诉福斯特，她当然希望如此。然后，他们拐弯进入树林，前面就是杰克叔叔家新买的旧房子。房子看起来不错，够大，但不算很大。房子有各种窗户，旁边还有一条小溪。

护墙板上长满了绿藤，树上、草地上花朵盛开。草地上有一个槌球，树上悬着秋千。

"我们为福斯特修好了秋千。"朱利安说，好像自己已是大孩子，不再玩秋千了。

　　凯蒂站在门口台阶上等候，他们走近的时候，它像往常一样发出一声低沉的吼叫，仿佛是从城堡地下室传来的声音。波西亚和福斯特打开车门，飞快地跑出来，凯蒂跳了起来，吻着他们的脸，嗅着他们脸上的露水，轻声叫了一会儿。它开心的时候就这样子。它是一只非常受欢迎的狗。

　　希尔达婶婶穿着淡紫色的衣服迎了出来。

　　"哦，亲爱的，很高兴见到你们回来！"她叫着跑下台阶，给了他们一个拥抱。她是一个很受欢迎的婶婶。

　　"妈，看看波西亚嘴里的牙套，"朱利安说，"让她看看，波西。"

　　"嗯，"希尔达婶婶说，"似乎很贵。稍后让我好好瞅一瞅。"

　　在这个世界上，希尔达婶婶是波西亚第三喜欢的妇女。她母亲自然排第一，英语老师亨佩尔小姐排第二，希尔达婶婶排第三。她对希尔达婶婶的感情不亚于亨佩尔小姐，当然亨佩尔小姐多了一条纽带。

　　"现在，在我带你们去房子之前，我必须向你们介绍凯蒂的孩子们。"希尔达婶婶说。她带着他们穿过房子，来到地窖门边，走下台阶，进入宽敞而明亮的地下室。刚出生的小狗就窝在这里。

　　它们有着深色的小平脸，好像三色堇，耳朵犹如丝块，爪子像编织针一样尖。波西亚先抱起了一只，它有着圆圆的小肚子，皱皱的爪子轻轻地抓着波西亚的手指，发出轻微的叫声。

　　"想好取什么名字了吗？"杰克叔叔问。

　　"我看一会儿，先了解一下它们。"波西亚严肃地说。她知道取名字是自己的特长。凯蒂跟着他们下楼，它穿过栏杆，用鼻子数着小狗，确保没有丢失。然后，它在一边躺下，开始给小狗喂奶。

波西亚走上楼，她在前门边最先看到的就是杰克叔叔的猫西斯尔（是她取的名字）。它坐在端柱上，一脸怒相。

"它不喜欢小狗，"杰克叔叔说，"因为都没有人关注它了。"

"噢，我会关注你的。"波西亚说着从端柱上抓起大懒猫。它就像旧皮草一样柔软，爪子像空袜子一样悬着。它张开嘴，对着她打哈欠，但是她抱着它，挠着它的下巴，不一会儿，它便开始喵呜地叫起来。

"过来看房子吧！"朱利安说。波西亚让西斯尔轻轻地跳下。它先摇了摇一只耳朵，然后又摇了摇另一只，厌烦地走开了，仿佛爪子下的地面是湿的。

他们走过一间又大又亮又舒适的房间。波西亚对客厅里的每一件家具都很熟悉，好像家庭成员。旧沙发、旧椅子全部装上了套子。钢琴的琴弦下有一粒石化的止咳药，只有她知道。（她四岁时，在钢琴上玩耍，药从她口里掉了出来。当时玩的是竹筏游戏。）

有一个对着太阳的阳台和一个普通阳台，还有一个巨大的厨房，发出肉桂的味道，有两个炉子：一个煤炉，一个气炉。

当他们来到楼上的房间时，波西亚高兴得尖叫起来。"我这一辈子！"她兴奋地叫道，"希尔达婶婶，我就想要一张那样的床！"

"这张床有顶，像一辆马车，"福斯特说，"呀，你为什么想要床上个有个顶呢？"

"因为很漂亮，像帐篷。"波西亚合理地解释道。

"看看你窗外。"朱利安说道。窗台边一根树枝上有一个鸟巢，鸟巢里有一只灰色的鸟，脖子上有一丝粉红色。她一伸手就能触到它。

"是哀鸽，"朱利安说，"它们的筑巢水平很差，这些鸟筑巢，就像小孩子玩过家家一样，我是说，业余水平。"

他说对了。鸟巢只是用小棍子摆在一起搭成的平台。（那一整个月，只要下大雨或刮大风，波西亚就担心那个鸟巢和小鸟们，就像她母亲怀上福斯特时一样担心。她跑到房间里，看看是否一切都好。"你就像它们的大婶一样。"朱利安对她说。但到最后，小鸟都安全地长大并飞走了。）

参观完所有的卧室后，福斯特得到了一张双层床，这是他喜欢的类型。"还有阁楼，"朱利安带着他们出来到处炫耀，"还有一棵空心树，一条有石阶的小溪，一棵弯曲的桦树，你可以在上面荡秋千。那个鸟巢里面真有鸟，这个螳螂窝里也真有螳螂。"但是波西亚和福斯特并没有看见什么螳螂。

过了一会儿，他们来到地下室，与小狗玩耍到晚餐时间。晚餐过后，他们玩槌球，直到星星出来，蝙蝠开始飞舞，好像在纺织美丽的图案。

波西亚缩在被窝里，她能闻到乡村夜晚的芬芳。她听到远处的猫头鹰发出扑扑的声音，北美夜鹰在树上呱呱地叫着。她在帐篷床上感到平静而舒适。

当然，她没有想到第二天会更加开心。

二、石头与沼地

第二天早上，波西亚醒来时，看到窗外有阳光，一只大苍蝇嗡嗡地在窗帘上飞来飞去。随后，她闻到了腌肉和咖啡的味道。夏天刚刚开始，她很高兴能待在这里。有几分钟，她只是躺在床上，聆听苍蝇的嗡嗡声，感到很惬意。

然后，她突然站起，跳下床，穿上舒适的夏装：旧的乡村牛仔裤、T恤和运动鞋。"谢天谢地，再也不用穿袜子了，"波西亚唱道，"再也不用穿那么多衣服了！"她拉下挂钩，打开窗帘。大苍蝇嗡嗡地飞了出去。巢里的母哀鸽看起来那么优雅、柔软，像一双折叠好的手套。

她下楼时，西斯尔正坐在纱门外等待。（在乡下，总有人想进或想出。）波西亚让它进来，从它胡须上扯下一根蜘蛛丝。它在外面待了一夜，浑身散发着树林的气息。

在杰克叔叔家里，他们总是在厨房里吃早餐，希尔达婶婶的早餐做得很好，波西亚记得有华夫饼、蓝梅松饼和香肠蛋糕之类的美食，今天是华夫饼。很长一段时间里，除了"请抹点儿黄油"或"请再加些糖浆"之外，没有人说话。

就在他们吃完早餐，还在回味之际，有人敲门。他们抬起头，看到了一个年龄和福斯特差不多大的男孩，他的服装也跟福斯特相似，头戴牛仔帽，腰里别着四把玩具手枪，手里握着一把塑料射线枪。"我听说，这里有个人喜欢玩太空游戏！"他说。

福斯特立即从椅子上站起来。"我就是！"他兴奋地喊道。

"早上好，大卫！"希尔达婶婶说，"这是大卫·盖森，他就住在隔壁农场。大卫，这是朱利安的表妹表弟：波西亚·布莱克和福斯特·布莱克。你要点华夫饼吗？"

"不，我吃过了。"大卫说。男孩比女孩要花更长时间才能学会说谢谢，波西亚心想。

这时，福斯特已来到门外。

"我知道哪里有一棵空心树，我们可以用来做多级火箭。"他告诉大卫。

"哎呀！发射，伙计们！"大卫叫喊着，和福斯特跑开了。

"最好我也离开。"杰克叔叔说，他一直沉默不语。他缓缓地起身，向希尔达婶婶吻别，并向波西亚挥手告别。

当波西亚擦洗盘子时，朱利安清扫完房间后下来了。波西亚知道这意味着他铺好了床，将地上的一切放进了柜子里。因为爱好收集，他的房间从来都没有整洁过：柜子里堆满了放毛毛虫的罐子，架子上放满了各种鸟巢、茧和树枝，壁炉灶上放着一排矿石，成堆的蝴蝶和飞蛾标本挂在墙上，床上摆放着五张用钉子钉好的蛇皮，海龟们舒适地待在废物篓旁的一个水缸里。

"想跟我一起来收集吗，波西？"朱利安问。

"波西这个名字真的不好听。"她说。除了波西，她也没有其他别名。就用波西好啦，当然她也希望朱利安这么叫她。"你在收集什么呢？"

"哦，那得看我找到了什么，"朱利安轻快地说，"我会带上诱鸟器、野外望远镜、捕蝶网和捕蝶罐。你可以带着'杀戮瓶'。"

"谢谢！"波西亚说。

希尔达婶婶给他们做了一顿野餐，并将野餐装入朱利安的渔篮里。朱利安把渔篮挂在背后，随后把野外望远镜和照相机挂在胸前。这样一来，他走路的时候总是叮当作响。"就像挂着某种马具。"波西亚说。

"我们去哪里？"当他们走出房子时，波西亚问道。

"我也不知道。我们从花园后的树林出发，我还从来没有穿过那片林子呢。"

他们走上斜坡，进入树林，继续前行。天气晴朗，树叶在风中无休止地沙沙作响。树林里，树叶、树枝迎风摆动，鸟儿在自由跳跃。穿过树叶缝隙落在地面上的光斑也不停地上下滑动着。朱利安带着波西亚来到一棵爬满甲壳虫的树旁，在那里，他们还看到一只唐纳雀、一只靛蓝鹀和一只狐狸。狐狸是他们见到的最好的动物。

正如在火车上一样，波西亚比平时在家更饿，更想吃野餐。好在朱利安也饿了。他们惊喜地在树林中找到一块空地，空地的中央有一块长满了苔藓和蕨类植物的圆形巨石。

"我们在石头上吃野餐吧！"波西亚说，"你猜它是怎么来的？也许它是一颗陨石！"

"哪有这么好运，"朱利安说，"不会是陨石，就是普通石头。我从五岁起就一直在寻找陨石，不知道它们都掉到哪里了。"

"也许掉到大海、得克萨斯和西伯利亚这样的地方了吧。"波西亚说。

他们爬上巨石。由于阳光明媚，天气炎热，他们周围很快引来一大群蚂蚁，幸好这些蚂蚁不咬人，可很快他们发现，蚂蚁都爬进了三明治里了。

"他们一点也不妨碍我进食，"朱利安边吃边说，"我敢打赌，我已经吃过十万多只蚂蚁了。"

"我老是想，"波西亚告诉他，"它们死得好可怕！"她尽可能多地抓出蚂蚁，将它们放生。

幽深的树林像一堵墙一样围绕在他们周围，不停闪烁着光芒，颤动着。在烈日的烤晒下，石上的苔藓发出烧焦的气味。"保温瓶里有冰镇的姜汁汽水，而不是普通的牛奶。"波西亚说。甜点有自制的橘色糖霜蛋糕。

"瞧！这块巨石中有石榴石。"波西亚突然说。朱利安爬过去看，是真的，石缝里插着小小的硬物，像葡萄果冻。朱利安拿出他的童子军折刀，并把附在指甲刀上的指甲锉递给波西亚（他很少用这个工具），然后他们开始试着把石缝里的石榴石抠出来。

"我们把它们带回去给妈妈，"朱利安说，"她能做成项链或其他东西。"

忙碌了好一阵子，他们才抠下一小块。时值中午，太阳直晒在他们的背上，火辣辣的。

"哎呀！"朱利安突然叫道，"波西！快看！"

"怎么了？"波西亚说，"你是我见过最情绪化的男孩。"

朱利安用刀指着石头说："你看！有人在巨石上刻了字！我除去苔藓后，就看到了这些字！"

只见刮去苔藓的石头表面刻着几行字：

贤者之石
塔奎因与品达
1891 年 7 月 15 日

"1891 年！"波西亚说，"那是很久以前了！我很好奇，这是什么意思？"

"我上中学一年级才开始学拉丁文，"朱利安说，"但这的确是拉丁文。贤者就是哲人的意思。这块石头一定是关于一位哲学家的。我知道，哲人石！一定是这个意思，哲人石！……但是，我一点儿也不明白，塔奎因与品达是什么意思。"

"可是，什么是哲人石？"波西亚问，"哲学家又是什么意思？"

"博学之人。学识很多，有智慧，聪明而冷静的人。哲人石应为魔法石，可以将任何金属、锡，甚至铅转化为金。当然，世上从来没有这样的东西。"

"你怎么知道？你怎么知道不是这块石头？"波西亚非常兴奋，"我们现在就来试一试！"

"听着，长点儿脑子，"朱利安用一种大哥哥的轻蔑口吻说，"果真如此，我们用的这些刀现在就应转化为金刀了，你看清楚点，它们现在还是钢刀。"

当然，他说的对，波西亚感到很尴尬。

"但是，这毕竟是一件有趣的事情，"朱利安说，"我希望知道是谁刻了这些字。天哪，我好想知道！"

"他们为什么要刻这些字？"波西亚问道，"法语里的'et'是'与'的意思？塔奎因与品达？这些是名字吗？"

"也许是吧，我猜，但这两个名字相当愚蠢，就像比尔和乔治一样。"

他们在炎热的阳光下苦苦思索着这个谜题。最后，因为太热，他们爬下石头，又上路了。很长一段时间，他们一直走在杂草丛生的后山脊，最后又沿着山脊另一边的一条曲曲折折的小路下山。路上，他们发现了一棵长着真菌的枯树，树枝从台阶处伸展出来。朱利安割下一块最大的树菌。过了一会儿，他又抓住了一只裳夜蛾，它有一对美丽的猩红色翅膀，就像天竺葵花瓣。当朱利安把它装进"杀戮瓶"的时候，波西亚转过头。她不想看到它被杀死，但它过了一会儿便死了，她也就不再介意了。

山脚下的树木绵延不断。波西亚和朱利安也继续前进。

"哦，我们迷路了！"朱利安说，"我不知道我们在哪里！"他似乎很高兴，波西亚也并不介意。那是夏日白天，而且还有朱利安在身边。

当他们发现一条小溪蜿蜒穿过树林时，他们决定脱下鞋子蹚水过去。溪水是冰凉的。"只比冰高一度！"朱利安说。他们的脚在水中看起来是绿色的，但是，当他们把脚抬起时，又变得像龙虾一样红。溪底有许多树枝和云母薄片。朱利安收集了一些，将它们与溪水一起放进保温瓶。

"我们今天做得很好，"他说，"我们收集了裳夜蛾和这些小虫，还有树菌和云母片，但最重要的东西是发现了哲人石！"

"我们还看到了狐狸。"波西亚说。

过了一会儿，他们穿上运动鞋，迈开轻快的步子又出发了。"我的双脚充满了活力。"波西亚说。

很长一段时间，他们沿着曲曲折折的小溪往下游行走。"我迷路了吗？"朱利安兴奋地重复道。但是波西亚却说："快看，我们出来了，前面有阳光。"

是真的，树木渐渐稀疏，过了几分钟，他们发现自己置身于旷野之上，面前是茂密的草丛。不，不是真正意义上的草地，而是一大片摇曳的芦苇和灯芯草，比他们还高。他们继续向前走，脚下发出汩汩的响声。小溪逐渐成扇形散开，渐渐消失在无边的青苔中。

"沼泽！"朱利安叫道，"从来没有人告诉我，这里有一片大沼泽，等一下！看那儿！"

"看什么？"波西亚问。

朱利安突然在芦苇和灯芯草丛中发出"叮当、咯吱、砰砰"的声音，他在跌跌撞撞中展开了他的网，回头大声喊道："蝴蝶！"

"你是说那个傻乎乎的棕色小家伙？"波西亚问，她跟在朱利安身后跑得飞快，"为什么，它一点儿也不漂亮！"

"少见多怪，大姐，现在别出声，待在原地！不，它逃走了，我去抓它！"

他一路不停地跳着往前跑，波西亚紧跟在他后面。与别人一起迷路是一码事，自己迷路则是另一码事。

朱利安停了下来，示意她也停住。他蜷伏在地上慢慢前进，然后用网猛地一扑。

"哇，我抓到它了！我抓到它了！"

可怜的棕色蝴蝶被装进了罐子。波西亚再次转脸看它时，蝴蝶已经死了，它是那么小，毫不引人注目。

"稀有品种，"朱利安重复，"你们女孩只看东西的外表，比如说，什么漂亮、艳丽啦，其实这些并不重要。"

一时心血来潮，他们便在一块粗糙的草丛上坐了下来。他们将脚放进水中，反正他们的鞋子已经湿透了。这是沼泽水，在太阳下晒得暖暖的。

朱利安反复转着罐子，得意洋洋地看着自己的新猎物。

"我的天，你以为它是铀或其他东西做的吗？"波西亚说。

一群小昆虫在他们头顶的天空参差不齐地飞着，发出一阵阵嗡嗡的声音，仿佛一支小乐曲。微风不时地吹过来，芦苇在风中起伏。他们平静地坐在草丛上，晒着太阳，泡着温水，心里无比惬意。

过了不久，沼泽里的蚊子似乎被惊扰了，从四面八方同时飞过来。芦苇中、水面上、天空下，成群的蚊子发出刺耳的声音。

"这么多蚊子，有直升机那么大！"朱利安跳着站起来大叫，"我们得尽快离开这里！"

他们哗哗地跑过高高的芦苇丛，不知道要去哪里，因为他们看不到前方的路。

朱利安像平时一样跑在前面，突然他碰上了什么，绊倒在地。虽然摔了一跤，他仍将罐子举得高高的，不至于将它摔破。接着，他又检查了相机和望远镜，看看有没有损坏。当他发现一切都安然无恙时，他揉着胫骨，开心地叫了一声。

"什么东西撞到我了？"他说。

"你撞到它了，"波西亚说，"哎呀，你看，有一只小船！芦苇中藏着一只翻过来的旧船！"

"这有什么用？沼泽里划不了船！也许，如果我站上去，至少就能看到我们的位置了。"

他们爬上小船，探着头，望过茫茫的芦苇，远处是一片漆黑的树林，但也不全是树林。波西亚和朱利安同时倒吸了一口凉气，因为在沼泽的最东北端，在芦苇与沼泽之间，他们看到了一排破旧的房子，离他们很近。大概有十多幢吧，庞大而衰败，尽管过去相当辉煌，装饰有阳台、角楼、屋顶天台，还有花边木雕。但是现在阳台已经下沉，角楼已经倾斜，百叶窗有的变形了，有的已脱落，大块的木雕已经折断。有一棵树从房子的窗户里伸出来，四周一片死寂。

"这样古老的沼泽地，到处都是蚊子，谁会在这里建这么多房子呢？"朱利安问。但是，接下来，他又轻轻地说："波西！这些房子是空的！都是弃置的房子，波西！像鬼城一样。"

"哦，我们走吧，我们走吧！"波西亚拉着他的袖子，害怕地小声说，"我不喜欢这里！"

朱利安皱着眉头，甩开她的手："等一下，就等一下。我们得看看周围的情况，换句话说，要先看清方向后再走。"

"哦，快点吧，快点！"波西亚央求道，她害怕得瑟瑟发抖，眼泪都快流出来了，自尊心早已抛到脑后。

"嘘——就等一下。"朱利安轻言细语地回应。

就在那时，从右手边的最后一幢房子里传来奇怪的爆裂声，接着是一阵巨大的说话声……

三、消失的湖

他们吓了一大跳，竟跌下小船。小船的木头又湿又烂，也许这一惊吓，更是增加了它们所承受的压力，终于不堪重负。不管怎样，他们哗啦一声掉了下去。就在他们匆匆爬起来，想看看自己有没有摔伤的时候，他们听到了飘向天空的巨大声音。两个人面面相觑，惊愕不已。

"是的，朋友们——"巨大的声音柔和地说，"你们为什么还在饱受消化不良之苦呢？现在就去你们当地的药店，买一盒神奇的薄荷，只需四十九美分一盒。朋友们，只需四十九美分，你的烦恼就解决了！"

朱利安听到后首先笑起来了。

波西亚也笑了。"谁听说过鬼会听收音机？"她说，"一定是收音机，朱尔，因为我没看到房顶上有天线，你呢？"

"等一下。"朱利安不顾危险爬上小船的最高处，波西亚赶紧抓住了他。

"不是收音机，"他回答道，"我现在看到，那幢房子不像其他的房子一样破败不堪，旁边还种了玫瑰和豌豆，我还看到了鸡和鸭……快来，波西，我们去看看谁住在那里，向他们打听一下我们所在的位置。"

"哦，我不知道，你觉得这样做好吗？"

"当然了！没问题的，坏人会养鸭子吗？会种玫瑰吗？"

波西亚对这种保证的逻辑并不完全认可。但是她别无选择，看着表哥迈着坚定的步伐前行，她也只能跟在他后面。

房子里的人调低了收音机的音量，现在他们只能听到持续的嘈杂声和母鸡的咯咯声。

两个孩子奋力穿过凉飕飕、硬邦邦的芦苇丛，一些恼人的蚊子总是跟着他们，他们不时地拍打着，发出一两声惊叫。

朱利安走在前面，吃了不少苦头。在杂草丛生的码头边，他的膝盖一不小心碰到了矮小的角柱上。

"你知道我在想什么吗？"当他的疼痛缓缓消停后，他说，"我猜这个沼泽以前一定是个水塘或湖泊。否则，那只小船、这个码头，还有这里的一切都解释不通啊！"

"但是我从来没有听说过这里有湖。"

"你才在这里住了多久啊。"

他们爬上码头，小心翼翼地行走，唯恐踩上松动或缺失的木板。现在在他们头顶招展的不是芦苇，而是长满花絮的蒲苇，比芦苇更高。当他们穿过最后一株蒲苇的时候，他们发现自己置身于一块高地，前面不远处就是衰败的房子。但这不是他们要找的那幢，很显然，他们的路线有点儿偏差。他们向有人居住的那幢房子走去，一路上都是破败不堪的老房子，窗户破烂，百叶窗松松垮垮的。也许是流浪汉，在阳台栏杆上刻上姓名的首字母。在另一个方形的门廊柱子上，一块突出的真菌好像土鸡羽毛，他们在林里的枯树上发现的也正是这种真菌。

"好像鬼屋，"波西亚靠近表哥说，"我讨厌晚上来这里，就算是大白天，看起来也恐怖。"

在杂草和雏菊丛中，他们看到了一条通向右侧房子的小道，于是沿着小道前行（当然，朱利安走在前面）。他们越走越近，听到的收音机声音也越来越清晰："玛西亚，我不能再这样了，我告诉你！没有他，我不知道怎么办，我不知道怎么办！……"

母鸡看到孩子们的到来，咯咯地叫着，仓皇而逃。鸭子表现得较为淡定，歪着身子走向一边，像小小的渡船一样，躲到一片巨大的羊蹄叶下。它在这里弯下肥胖的双脚，舒舒服服地蹲下来，看起来更像一只小船了。玫瑰花丛正盛开着，花朵是黄色的，玫瑰花丛外盛开着鲜艳的虞美人。

波西亚和朱利安犹豫了一下，然后走上颤抖的门廊，又犹豫了一下，敲了敲缝有补丁的纱门。房子的气味迎面扑来，这是古朴、陈旧的气味。

"品达？"房内的声音问，"是你吗？"

"品达！"朱利安轻声说，"岩石上的名字！"他大声回答："不是，夫人，不是他，是我们。"

"嗯，你是谁？"房内的声音问道，收音机突然静了下来。他们听到了房内细碎的脚步声，一个人从昏暗的光线中走了出来，是一位又矮又瘦的女士。他们最先留意到的是她奇怪的衣服，好像化装舞会上穿的礼服，又宽又长，老掉牙了。她穿的是一件黑白相间的丝绸裙，羊腿袖和高骨领上缝着花边。她留着高卷式发型，卷曲的头发高低起伏，头顶扎着天鹅绒发带，好像一艘小船航行在波涛滚滚的海上。

这位年老的女士走出来的时候，摸索着找到一副带链的眼镜，轻轻地戴上。这似乎只是一种仪式，可以确定，她看清波西亚和朱利安时，并没有通过镜片。

"孩子们！"她惊叫道，"为什么来了两个真真实实的孩

子！"她就像看到两只犰狳一样，发出非常惊讶的声音。从她满脸的笑容上看，她显然很开心。她打开门，长满皱纹的脸笑得更加灿烂了。"快进来，孩子们，进来。真难得啊，我想说，真难得！"她黑色的眼睛闪着光，孩子们喜欢她这副模样。

"唉，天哪，我想想，不会吧！为什么看到活生生的孩子这么开心，好多年没见过了。请进，到客厅来，好吗？难得有人来！"

"呃，我们还要赶路。"朱利安低声说，但是他依旧跟着她进屋了，波西亚也跟着进去了。

老妇人打开大厅左侧的大门，示意他们进去。

他们的第一印象就是房子里密密麻麻地放满了东西。红色的地毯上堆满了家具，每面墙上都贴着不同的壁纸，有玫瑰图案、蕨类植物图案、条纹图案等。朱利安看着第四面墙上的壁纸心想，这就像一大堆西兰花。墙壁上有许多镜框，镜框里是一张张大图片。房间的窗户被挂篮里的植物和藤蔓遮住了一半，窗户上挂着深色的天鹅绒旧窗帘。一切需要遮盖的东西都已遮盖。角落里放着一架笔直的钢琴，盖着饰以穗子的长毛绒布，仿佛一位神色严峻的女士。所有的桌子都铺有桌布，包括椅子和那种有扶手的沙发。

"这些东西都是从大房子搬出来的，"女主人说，这似乎解释了一切，"坐吧，告诉我，你们从哪里来的？为什么来到这里？"

"从那边沼泽过来的，"朱利安说，"我们有点儿迷路。"

"我们完全迷路了。"波西亚说。

"不能走那片沼泽！"老妇人叫道，她用枯树叶般的手拍着脸。

"为什么？是的，我们——"

"哦，那里很危险。沼泽里有个叫囊咽鱼的泥潭（我弟弟发誓说，它的位置每天都在变化），会吞没人的，牲畜一掉下去就没了。告诉我，你们从哪里来的？"

"那边，"朱利安用手模糊地比画着，"我们从树林那边的大山过来的。我们住的地方位于阿提卡和波克码头之间。"

"好吧，我弟弟回来后，会给你们指点一条更安全的路回家。你们叫什么名字？"

"我叫朱利安·贾曼，她叫波西亚·布莱克。"

"我们是表兄妹。"波西亚说。

"这不是很好吗？"老妇人说，"表兄妹最友好了，比亲兄妹更友善，比朋友更亲近。"

波西亚吃了一惊，她以为这是自己的独特见解。

"我叫奇弗，"女主人说，"明尼哈哈·奇弗，莱昂内尔·亚历克西斯·奇弗夫人。"

"您好！"朱利安说。

"您好！"波西亚附和着说，她的牙套闪闪发光。

"您是否可以告诉我们，夫人——哦，奇弗太太，我们究竟在哪里？"朱利安问，"我们不知道怎么走。"

"好吧，这个地方曾经叫塔里苟，以前是个湖，那是很久以前的事了，现在人们都叫它消失的湖。"

"喂，我刚说什么了，波西？这里曾经是个湖！"朱利安得意地大叫，好像他们曾经争论过这个问题。

"哦，美丽的湖！"奇弗太太说，"虽然是小湖，但是清澈蔚蓝，是水洗蓝！湖里有船，像蝴蝶一样漂漂荡荡。我们有一只小船，我爸爸也有一只，特里克西二号。我那时还小，不知道特里克西一号。那里还有网球场、俱乐部，一共有十二户人家，或者十三户？不，是十二户。每年夏天，我们就来这里，从六月一日一直待到九月十五日……"她沉默了一会儿，"嗯，难以想象，那时多有生机。哦，我们开派对，在叽叽岛上做野餐——"

"叽叽岛？"朱利安说。

"是一个小岛——嗯，它就在塔里苟湖的正中。我们这么称呼它，因为这个老名字押韵，知道吗？

> 叽叽，叽叽，鹤鸦岛，
>
> 我到水井去洗脚，
>
> 回到家里鸡跑了。
>
> 老巫婆，几点钟了？"

"我从没听说过。"波西亚说。

"你没有？这是游戏的一部分。也许孩子们不再玩这个游戏了，也许它只在南方流行。这个游戏是贝尔·塔克汤小朋友教会我们的，她自来田纳西……小岛上有一幢小而旧的房子，没人居住，看起来很可怕，所以我们又就叫它鹤鸦岛。"

"房子还在吗？"波西亚问。

"我不确定它还在不在，小岛上遍地都是杂草，你辨不清任何方向，即使在冬天，我们也不去那里，因为那里有个叫囊咽鱼的泥潭……"

"囊咽鱼？"两个孩子同时说。

"哦，我弟弟就是这样称呼那个可恶的泥潭的，我先前跟你们讲过。它位于沼泽中间的某个地方，离岸边很远，谢天谢地（或者说，曾经的岸边），我们从来不清楚它的具体位置。

当然，以我自己的观点看，不止一个泥潭，我不明白，一个泥潭怎么会流动呢？"

"湖后来怎么不见了？"朱利安问。

"我认为是因为 1903 年，他们在科林斯建了大坝，塔里苟湖开始慢慢缩小，到 1906 年时，就完全不见了！什么都没有了，只剩下泥巴、泥巴，还是泥巴！哦，我听说后都哭了，虽然那时我已是结了婚的成年人……

"嗯，你可以想象，从那以后发生了什么。这些房子不值钱了，谁想住在巨大的泥沼地前面？大多数家庭看到塔里苟湖的变化后，都搬走了，留下的家庭后来也搬走了。这些度夏的旧房子就矗立在这里，任凭风吹雨打。没有人再回来，它们就成了老鼠、黄蜂和燕子的家。流浪汉时不时来到这里，秋天也会有人来打猎。他们在这里盗窃、搞破坏、在墙上涂鸦……但是，他们从来没有进入大房子，从来没有，也没有进入凯普瑞斯别墅！"

"凯普瑞斯别墅？"波西亚说。

"哦，是的，"奇弗太太摇着头笑了一会儿，"布雷斯·吉迪恩太太就是这么称呼她的别墅的。那时候，给房子起名字是有讲究的。例如，塔克汤先生是个浪漫的南方人，他给自己的房子取名贝尔梅尔。但当他发现这名字在法语里是'岳母'的意思时，他差点气死。他的岳母与他们住在一起，是一位强势的女人，也是布雷斯·吉迪恩太太的密友。

"布雷斯·吉迪恩太太的凯普瑞斯别墅是一座高大结实的建筑，柱子上贴着卵石。布雷斯·吉迪恩太太是个高大结实的女人，可以这么说，一个女强人。她声音浑厚，面色深红。她很富有，也很谨慎。我看看，我说到哪里了？

"没有人进去过那房子, 是的。嗯, 所以我爸爸和布雷斯·吉迪恩太太 (尤其是布雷斯·吉迪恩太太) 小心谨慎地将房子锁了起来, 因为他们的一切东西都放在那栋房子里。他们在城市的家里已经没有空间放置那些家具了, 放在这里比存放在城里更划算、更方便。他们用双层木板盖住窗户, 并给房门装上两把锁, 直到一只田鼠也钻不进来! 当然, 他们觉得总有一天会把家具搬到别处继续使用。我的爸妈同在 1907 年去世了, 而布雷斯·吉迪恩太太在随后的旧金山地震中去世。我很抱歉这样说, 但我弟弟认为, 只有自然灾难才能影响布雷斯·吉迪恩太太。"

"后来凯普瑞斯别墅怎么样了?"波西亚追问道。

"据我所知, 没人动过,"奇弗太太庄重地说,"屋主没有亲戚, 没有继承人, 没有管家。她的别墅与其他人的房子有些距离, 显得更雄伟、更特别, 我是这么想的。后来, 别墅周围慢慢地长满了树, 还有金银花、有毒的常春藤和野葡萄。"

"有些像《睡美人》的故事。"波西亚说。

"有点儿像《瑞普·凡·温克尔》①的故事。"朱利安说。

"是的, 里面除了家具, 什么也没有, 也许现在家具已经散架了。时间可以改变一切, 真的, 天气也是一个因素。六十年前种的爬山虎爬满了房子, 仿佛织就了一条巨大的毛毯。门廊里住着猫头鹰, 我不喜欢那个地方。"老妇人有点颤抖地说,"我不介意消失的湖边这些废弃的旧房子, 但是凯普瑞斯别墅周围已经长满了树木。我不知道为什么, 这总让我感到毛骨悚然。"

"我倒想知道,"朱利安犹豫地说,"如果你不介意的话, 夫人, 我想知道, 你怎么还在这里?"

---

① 美国作家华盛顿·欧文的短篇小说。故事中的主人公有一次在森林中喝了一种仙酒, 一觉睡了二十年。

"我回来了，我离开了好多年。我丈夫去世时，我发现自己没有钱，不知道该怎么办！后来，我想，塔里苟还有房子，我可以去那里住！我们家族中只剩下我弟弟品达和我，品达当时也穷困潦倒，他觉得自己看够了世界！很久以前的一个夏天早上，我们冒着蚊子的叮咬，穿过芦苇，回到了这里。我爸爸当年锁紧了门，即使有钥匙，我们还是花了一天半的时间才进去。我们晚上就住在那栋房子里。虽然没有人进入过房子，可时间已经进入了。阁楼的天花板尽是破洞，一个烟囱也已经不见了。但是楼下的地板保护得很好，几乎没有被破坏。

"'但是我们不能住这里，'我弟弟说，'这里渗水还闹鬼。'因为我们都注重隐私，我选择了这排房子中最后的那幢，他选的是另一头的房子。我无须再去其他城市或再买衣服。衣柜里放满了妈妈的旧夏装和外套，我妹妹结婚时有了新嫁妆，也把她的衣服都丢在了这里。谢天谢地，我从来没有长胖过，而且还有好多衣服我从来没穿过呢。"

"生活必需品呢？"朱利安说，"食物、鞋带之类的东西？"

"是的，鞋带，看在老天的份上。"波西亚也附和道。

"嗯，我弟弟还有台机器……"

"机器？"朱利安礼貌而疑惑地问。

"汽车，汽车，我想如今都叫汽车。我弟弟品达每个月去一次波克码头，买点生活用品，剪剪头发，但是我不去，从来都不去，我也从不打算去。哦，为什么，孩子们！我还没有给你们吃的和喝的，到厨房来吧，喝点蜂蜜酒，我先去召唤我弟弟过来。"

两个人都跟着她从客厅出来，波西亚心想，她以前从没听说任何人使用"召唤"这个词呢。

四、"我的弟弟品达"

大厅里，奇弗太太转身走向大门，朱利安和波西亚跟在她后面。通过屏风，他们看到远处湖中的芦苇在轻轻地摇曳，若隐若现。夕阳下的蒲苇花絮就像金色的羽毛，金色的昆虫在上面翩翩起舞。

"我想我们该回家了，"朱利安说，"天色已经不早了。"

"哦，不，稍等一下，现在就出发吧，我们喝点儿樱桃酒，我弟弟品达会给你们指出一条安全的回家之路。"

靠近门口的钩子上挂着一双人字拖鞋，上面有一个很大的螺旋形海贝。奇弗太太取下它，打开纱门，探出身子，将海贝放到嘴边。她吹着海贝，发出尖锐而悲伤的声音，仿佛迷路的奶牛在哀号。她放下海贝，似乎在倾听，过了一会儿，另一声悲伤的号叫回应了她。

"是的，他在那里，他来了。"奇弗太太砰地关上纱门，将海贝放回钩子上，"爸爸和塔克汤先生各有一个海贝，呼唤他们的孩子回家，无论他们在湖边还是其他地方。听到不同的声调，我们总是知道是哪个海贝在呼唤。品达的（塔克汤先生的）海贝声音低沉一点，听起来更加忧郁。奶牛听到了也会应答。无论何时，我听到它的时候都会想到从前。哦，水面上的灯光，灯火通明的大房子，等着我们回家的大人们！晚餐的香味弥漫湖泊，向我们迎面飘来，克雷·德莱尼的曼陀林之声……哦，都是很久以前的事了……嗯，就是这样。这是我的厨房。"

她推开一扇破旧的绿门，松软的门被虫子蛀得千疮百孔。他们穿过一间摆满盘子的餐具室，来到一个明亮的大房间。与摆满家具的客厅相比，厨房就显得空荡而简朴。墙壁被重新粉刷过，地板上铺着一条破烂不堪的亚麻地毯，由于长年累月与石头或木头摩擦，这里少一块，那里缺一角。在擦得干净光洁的旧木地板上，还不时地点缀着一些褪了色的星星和六边形图案。客厅的后门旁放着一个煤炉，不时发出噼里啪啦的声响。那是一种帝王炉，很老旧的样式。厨房里的一切都很陈旧，无论是窗户上打满补丁的纱网，还是擦洗过的松木餐桌，以及锅碗瓢盆，莫不如此。三角架上放着几盏煤油灯，按尺寸一字排列，最左边是花瓶形的大灯，最右边是茶杯大小的小灯，小灯的排烟孔上还挂着一个俄罗斯式的锡环。

"哦，明尼！"一个声音从门外传来。

"他到了，我希望他不要叫我明尼。"奇弗太太说，她打开门，弯腰站在台阶上，迎接她的弟弟。波西亚和朱利安也走了出来，看见一位衣冠楚楚的老人正快步朝他们走来，并用手杖敲打着雏菊。他那粉红色的脸因长着白胡子而显得更加红润。他的眉毛是黑色的，眼睛是锐利的蓝色，头戴宽边帽，上身穿一件花呢夹克衫，下着蓝色的牛仔裤，并将裤脚塞进了高边步行靴里。他的纽扣孔里还别着一朵波斯菊，看上去十分高雅和气派。

"怎么啦，明尼？"他问，他的声音显得既时髦又高雅，"有客人来参观，这难道不是我们的福气吗？"

"我希望你不要叫我明尼，"他姐姐说，"有人来参观，当然是件好事啊！他们都很和善。孩子们，这是我弟弟品达·佩顿先生。品达，这两位是——你们叫什么名字，孩子们？"

当他们告诉他时，佩顿先生热情地与他们握着手。"嗯，难以置信啊，"他说，"上次来我们这里的是一头迷路的驴子。"

"进来喝杯酒吧，"奇弗太太说，"想想吧，品达，这两个孩子穿过沼泽来到这里，我想让你带他们安全地走出去。他们住在山后面，位于阿提卡和波克码头之间。"

"那得走不少路，"佩顿先生说，"如果走那条路，我估计约有六英里，或者七英里。"

他脱下宽边帽，向后摸着波浪形的白发，又向下摸着胡须。也许他有一点虚荣，波西亚心想，但是一点儿也不令人反感。他五官端正，举止得体。

他们在靠窗的长木桌旁坐了下来。朱利安将身上的设备一一取下来。他把照相机挂在椅背的一角，把双筒望远镜和镜框挂在另一角，把捕蝶网靠在墙边，坐下来时，把捕蝶罐放在他面前的桌子上。

"朱尔，我觉得氰化物罐不应放到厨房的桌子上。"波西亚一本正经地说，但是佩顿先生突然拿起罐子端详起来。

"啊哈，高山蝶，很好的标本，很好，"他说，"恭喜你们。"

朱利安兴奋地跳了起来，好像心里有光在不停闪耀，"你是说，先生？您熟悉蝴蝶？"

"我只熟悉沼泽中的蝴蝶，我是沼泽昆虫学家，严格来说，是业余爱好者。"

"我从没见过昆虫学家，"朱利安说，"除了读过一些这方面的书，其他我什么也不知道，我连它们的名字都读不准。哎，我们迷路也是件开心事！"

"我也一样。"波西亚说。

"我也一样。"奇弗太太说，她把盘子放在桌面上。桌子上有一个深红色的水瓶，与他们找到的石榴石一样红，四个各不相同的精致小酒杯，每个酒杯上都印着银色的字体：芝加哥世界博览会，1893 年。奇弗太太将深红的液体倒进小酒杯里，然后递给每一个人。

"这是野樱桃和蜂蜜做成的酒，我弟弟养蜂。"

"我也养山羊，"她弟弟说，"但它们带不来蜂蜜。"他举起小杯，"致成长的友谊。"

他们都举起酒杯。波西亚看看朱利安，觉得他们也应该喝一点，看到朱利安喝下后，她自己也抿了一小口。

樱桃酒尝起来甜滋滋的、火辣辣的，波西亚一下子辣得流出了眼泪，但她喝第二口时，感觉就没有那么强烈了。

"尝起来像止咳糖浆，"波西亚说，"我是说，很好的止咳糖浆。"

"哦，这酒治疗咳嗽的效果的确很好，我弟弟品达整个冬天就靠它过日子。"奇弗太太赞同道。她将一盘饼干放在桌面上。"用当归根做成的，"她说，"沼泽附近的当归非常多。"

"沼泽上能用的东西，我们都用，"佩顿先生说，"那里可以找到很多好东西。"

"是的，我们是这么想的，"奇弗太太点了点扎着发带的头说，"如果我们余生都在沼泽边度过，那么，我们得看看这些东西有什么用，可以给我们带来什么。哦，对了，我告诉你，我们一开始很开心，我们回到塔里苟，或者说消失的湖，还期望着发现一片泥海。当我们发现这片翠绿的沼泽时，这里已经长满了一片茫茫的芦苇，这比一片泥沼顺眼多了，我们就觉得非常美丽。但是这种美丽有点奇怪，你得学会如何看待它。"

"你们怎么看待这些咬人的蚊子呢？"朱利安问，他像在家里一样，挠着被蚊子叮肿的胫骨，波西亚也颇有同感地挠着肘部。（被蚊子叮了肘部可不好受。）

"哦，它们对我们有点厌倦，"佩顿先生说，"我们在这里待的时间长了，它们也懒得再来骚扰我们了。"

"品达，你应该很清楚，那是因为我的驱蚊剂很管用，我做过试验，"她向孩子们解释，"我将毒草根、薄荷油、马香草，还有其他能想到的东西放在一起用水煮，我将各种各样的东西试着混合在一起，终于制出一种驱蚊剂，想接近我们的蚊子都得退避三尺——"

"我就是试验品，"佩顿先生说，他又喝了一点酒，"我想知道有多少人愿意用臭菘和野蒜熬制的药剂擦抹皮肤。（这种药剂似乎很吸引蚊子，它们成群结队地来找我的麻烦。）但这是件好事，明尼的驱蚊剂最终取得了成功。"

"我希望你不要叫我明尼，"奇弗太太心不在焉地说，"是的，我弟弟说，如果我们将驱蚊剂用瓶子装起来出售，可以赚上一笔大钱。但是一说到赚钱，哎呀，一旦赚钱了，商人就来了，我们就得改变自己的生活方式，换上新时代的衣服，写推销信到处发送，种种麻烦都来了！我不想这样，我喜欢沼泽，我喜欢我的生活，品达称之为'隐士生活'。"

"她说得很对，"佩顿先生说，"现在的生活适合我们，我们不想改变。遇上你们这样的客人，常来坐坐，也很开心。"

"谢谢您，先生，"朱利安客气地说，"但是，现在我们恐怕得出发了。"他背上行李，波西亚现在拿着蝴蝶网，他信不过她，自己拿着视为珍宝的罐子。

波西亚并不想走。"我玩得很开心。"她依依不舍地握着奇弗太太的手说。她还行了屈膝礼，以示尊重，尽管她常忘记这种礼节，甚至觉得有点傻。但是，朱利安一直彬彬有礼，并把这种礼貌传染给了大家。

"你们还会再来吗？"奇弗太太问。

"明天来会不会太快了？"朱利安问。

"可以明天来呀，如果天气好，我带你去看看沼泽园。"

他们离开房子，旧纱门在他们身后轻轻地发出当的一声。不知从哪里飞来一只忧伤的鸽子，咕咕地叫着，那是属于夜晚的声音。

"哎，天已经晚了，"朱利安说，"我们得花上几个钟头的时间才能到家！"

"不用，我知道一条捷径，跟我来。"佩顿先生说。他慢慢地跑到他们前面，穿过那些古老的房子。在夕阳的余晖下，这些房子看起来破烂不堪，裂开的门后一片漆黑，破烂的玻璃窗像火光一样反射着耀眼的光芒，褐雨燕在烟囱周围盘旋。

"那幢是我的。"佩顿先生指着远处最后一幢房子说。它像其他房子一样衰败，只是整洁一点。母鸡在那里走来走去，他们看到了一块绿色蔬菜园，搭着豆棚。靠近树林的地方，有一排乱七八糟的木箱。

"那是蜂巢，"佩顿先生解释说，"蜜蜂的住宅，明天带你们去瞧瞧。"

当他们走过沼泽的末端，波西亚发现中央地带有一簇深色植物，她心想，这一定就是叽叽岛了。

"那就是叽叽岛，"佩顿先生说，仿佛了解她的心思，"我上次去那里已经是六十年前的事了。塔奎因·塔克汤和我到那里露宿过一次，但是——"

"塔奎因！您说是塔奎因吗，先生？"朱利安叫道。

"怎么了，是的，"佩顿先生说着，停下来转过身看着他，"我想这是一个相当不寻常的名字。"

"'塔奎因和品达'，"朱利安看着佩顿先生说道，"'贤者之石'，1891年，还有什么文字啊！"

"你说什么啊？"他们的新朋友看起来警觉了一会儿。稍后，他面色恢复了正常，开心地笑起来："哎呀，那块石头，贤者之石。嗯，还在那里吗？你们找到它了？"

"就是今天找到的。"波西亚说。

"我们寻找石榴石的时候，刮掉了石头上的苔藓，石头上就有这些文字，"朱利安说，"我们想知道是谁刻的字，为什么刻字？"

"哎呀，哎呀，岩石里有石榴石，我想起来了。这些文字是那年夏天刻的，塔克汤和我——但是，我们还是下次再讲这个故事吧，今天太晚了。朱利安，你现在看到树林里的那个缺口了吗？"

"看起来像路口。"

"是的，它以前是一条路，山脊上的一条马车道……现在已经杂草丛生了，但是还可以沿着路走，可以一直走到克雷斯顿高速公路，但是那一头的榛子林非常茂密。记好了，从高速公路往上看，根本看不到古老的马车道。如果你对那里不熟悉，很难找到那条古道。你们可以在那里留个标志。从高速公路向左拐，再走十五分钟，你们就到家了。"

"谢谢您，先生。"

"谢谢您，先生。"波西亚说。

"哦，还有一件事，"佩顿先生说，"过高速公路时要注意往来的车辆，它们跑得很快！"

"好的，再见！"

"再见！"

"再见！"

波西亚和朱利安艰难地爬上石头路，一直往上爬，然后穿过荆棘丛生的山脊，再往下行。松动的石头从他们脚下滚落，荆棘也时不时缠住他们的衣服。抬头往上看，红红的太阳仍斜斜地挂在树梢上，但是树下的空气又潮湿又冰凉。他们听到了高速公路上汽车的嗖嗖声。朱利安身上的各种设备一直发出令人厌烦的叮当声，波西亚心想，也许她的脚后跟会长出水泡。

"我喜欢今天，"朱利安说，"我喜欢他们。"

"我也喜欢他们。"波西亚说。

"不过，我只是在想——"朱利安继续说，然后他停下来，盯着车辙路上的黑桦木，小心翼翼地捡起一根树枝咀嚼。波西亚也捡起一根树枝咬了一下，尝了尝鹿蹄草的味道。

"哎呀，你在想什么？"她终于问道，好像朱利安期望她这么问。

"我在想，将这片沼泽和那些破旧的房子的一切暂时保密，也许是个好主意。暂时不要告诉任何人，免得越搞越复杂。"

"好吧，我们就暂时保密。"波西亚感到有点疑惑，但是她适时而迅速地闭上了嘴。

"我是说，我们不用撒谎，只是闭口不提它，对吗？"

"没错。"波西亚说。

五、第二次

直到第二天下午，他们才重新来到消失的湖。上午天气晴朗，朱利安必须修剪草坪，而波西亚需要帮助希尔达婶婶拔除野草。但是孩子们并不介意，家是一个温馨有趣的地方。况且天气很好，他们期待着自己的秘密之旅。小狗们被带到户外，在草地上嬉戏、翻滚。小狗们伸着舌头，被太阳照得有点眩目，摇摇晃晃地走着。巨大的羽毛牡丹像棕榈树一样在他们头顶若隐若现。凯蒂在它的孩子们之间跑来跑去，努力保护着它们，唯恐它们不安全。一只小狗独自走开了，它赶紧跟上去，轻轻地咬住它的脖子，将它叼起来，然后将它带回原来的地方。

"我们给那只小狗取名格利佛，"波西亚建议说，"因为它总是走个不停。"

"很好，"希尔达婶婶说，"这个名字适合它。"

"希尔达婶婶，我拔的这棵是杂草吗？"

"哦，天哪，这是飞燕草！不过没关系，把它放回去，把土压紧就好了。现在看看，这棵可恶的粗草就是杂草，而这棵叶子花里胡哨的也是，它看起来就像一朵花。"

太阳暖暖的，微风吹拂着树木，仿佛在轻抚着茂盛的新叶，把它们翻数了一遍。朱利安在草地上来回推着割草机，轰轰的响声不绝于耳。男孩儿们爬进树洞大声尖叫着，叫声像冠蓝鸦一样尖锐。（大卫·盖森当天早上七点就过来了，耐心地坐在厨房的门槛上，摆弄着他的玩具枪，直到家人下楼吃早餐。）

现在他们又准备发射了。

"向东转，垂直发射！"福斯特命令。

"什么意思，垂直？"大卫问。

"当然是竖立的意思，我们要利用地球的自转速度，是不是？四天后，我们将到达这次的目的地——月球，不是吗？"

"我也这么想。"大卫说。

"我的乖乖，如今孩子们知道的东西——"希尔达婶婶叹息。

"福斯特还不怎么会识字呢，"波西亚说，"只知道'哎哟''嘭''砰'！漫画书里的词，他只能读懂这些。"

巨大的枫树在风中招展，树上的黄鹂不时地停下工作，放声歌唱。鹪鹩也在歌唱，但其歌声似乎更像对话。树林里，一只红雀的叫声，就像在往瓶子里倒入某种透明的液体。

"我们得抓紧了。"波西亚说，她重新坐回温暖的草地上，她的膝盖因为跪的时间太长而感到发麻。

"抓紧什么？天气吗？"希尔达婶婶也坐回草地上，她用脏兮兮的手背拨开额前的卷发。她颇有几分姿色。

"天气是一方面，但主要是时间。这样的六月，万物开始生长，夏天快到来了，一切都恰如其分。"

"但如果每天都这样，一直这样，我们就习惯了。我们需要自强，"希尔达婶婶说，"大家都一样。这样美好的日子，我们不能白白浪费掉了。"

"好东西得有对比才行，我是这么想，"波西亚说，"否则，我们怎么知道好东西到底有多好？”

"说得对！"希尔达婶婶继续拔草，过了一会儿，波西亚也继续拔草。

"但是，我确定永远都是好的。"她说。一想到消失的湖和想对婶婶说的愿望，她突然心里感到一阵愉悦，但是她知道，自己向朱利安承诺过，一定要保守这个秘密。

福斯特和朱利安在树洞上玩腻了。他们嗖嗖地爬下来，在草地上东奔西跑。一看到他们，凯蒂似乎忘记了自己的孩子，也跟着他们一起跑。

"我们是轨道空间站，"福斯特大叫着飞奔，"凯蒂也是空间站！"

午餐过后（大卫极不情愿地回家吃饭，回来时口里还在嚼着饭），波西亚和朱利安飞快地洗完碗碟，便上路了。

天气炎热，他们一路沿着高速公路行走，路过的汽车在他们身后留下一股热乎乎的尾气。来到庞大的榛树林边时，波西亚和朱利安都非常开心。昨天晚上，他们一直在思考用什么做路标。朱利安脱下运动鞋，取下一只被沼泽水浸得脏兮兮的红色袜子，把它挂在树枝上。

"你母亲会不会责骂你？"

"她不会知道的。就算她知道，也不会担心。我经常丢袜子，总会在某个地方落下一只，我不知道为什么。"

他们毫不费劲地找到了那只袜子。他们穿过荆棘丛生的灌木丛，很快就踏上崎岖不平的旧山路。朱利安像往常一样背着各种设备，但是今天的叮当声听起来格外悦耳。波西亚在他身旁蹦蹦跳跳，丝毫没有担心脚底会长出水泡。

当他们走下山脊的另一边时，被眼前的奇观惊呆了。叽叽岛像一只深色的秘密小船，横亘在芦苇丛生的旱湖中。在夏风的吹拂下，芦苇高低起伏，迎风飘展。弧形的破旧房屋，破碎的窗户和倾斜的塔楼；除此之外，还有那不断吞食沼泽的一大片黑乎乎的树林。

"我看到品达·佩顿先生了。你呢？他就在蜂巢边。"朱利安说。

一看到他，两个人开始奔跑起来。

"您好，佩顿先生！"朱利安一边跑一边叫。老先生笑着抬起头，他脱下宽边帽挥舞，任凭夏风吹拂着他的白发。

"欢迎！欢迎！"他说。两个孩子红着脸，气喘吁吁地跑过来。"你们一定很热吧，进来喝点凉水。"

他把他们带到门边（他们发现这扇门是用线轴打开的，而不是把手），当他打开门时，佩顿先生站到一边，让波西亚先进屋子。波西亚看着朱利安，扬了扬嘴角，走到他前面。

"这是我的客厅，"佩顿说，"东西不多，也不需要太多。我只用这幢房子的两个房间，大黄蜂占据了阁楼，其他的房间是空着的。"

他的客厅与奇弗太太的客厅大不相同。客厅里有一张马鬃沙发（表面已剥落）、一张干净的小床、两三张椅子、一张放着收音机和油灯的桌子，还有一个冰冷的大肚炉子，炉上放着盥洗盆，盆里插满了德国鸢尾属植物。墙边整齐地摆放着一堆书，好似烟囱，墙上唯一的装饰品就是一张钉起来的大包装纸，上面印着拉丁文字。

"这是厨房，我真正的客厅，"佩顿先生打开另一扇门说，"夏天的大黄蜂太多，我只能住在这个密封的小房间。"

"但是，能除掉它们吗，先生？用杀虫剂或其他药？"

　　"说实话，我并不想这么做。我喜欢一切有来去自如的感觉，它们所有的业务都在楼上洽谈。但是，我不需要理会它们，就像住宾馆一样。"

　　厨房很大，墙壁也刷成了白色，但是地面刷成了鲜红色。黑色的炉灶很像奇弗太太的那个帝王炉，甚至更大、更精致，它名为王妃。厨房的墙上有几个裱上蝴蝶和飞蛾的盒子，一个过时的六角形带有钟摆的闹钟，还有一本杂货店日历，上面有一个女孩（一个成年女孩）荡秋千的照片。

　　佩顿先生有一张与他姐姐一样的办公桌，还有一张稍小的桌子，一套厨房用的椅子，还有两张还能坐的椅子：一把是摇椅，一把是扶手椅，里面塞满了填料，且已经露了出来。扶手椅中有一只异常大的肥猫，软绵绵的，一身条纹，睡得正香。

　　"那是肥仔。"佩顿先生说。

　　"肥仔？是它的名字吗？"

　　"是的。"

　　一听到自己的名字，大肥猫立马醒了过来。它看着他们，眼睛好像熔化的黄油，伸出一只爪子。

　　"嗯，很适合它。"波西亚说，她一听到这个名字就觉得很形象，"但如果它是一只小瘦猫呢？"

　　"啊，那我就不知道了。它来到我家时，已经是一只成年猫了。三年前，一个冬天的晚上，我听到它在门外叫唤。天气很冷，当时在下雪，风呼呼地刮着，起初我以为肥仔的叫声也是风声呢。然后，风声平静了一会儿，但肥仔还在叫，我意识到这是猫的叫声。我打开门，它就走了进来，虽然它肥胖，但是冻得直哆嗦，抖落着耳朵上的雪。它在一盘金枪鱼旁停下并吃了起来，稍后又喵喵地叫起来，好像手提电钻的声音。第二天，它抓来一只死老鼠，把它放在我的门口。这是一种感谢方式，我想它希望我吃了它。"

猫和其他孩子们一样，不在乎别人怎么谈论自己。现在肥仔已经完全长大了，拱起身子像一个槌球门，然后又重重地扑在地上。它溜出房间，脖子上的铃铛叮当作响。

"铃铛是用来吓鸟的，"佩顿先生解释说，"但是肥仔知道用下巴捂住它的声音。它是一只机灵的猫，天资聪明。"

佩顿先生边说边摇着一个长水泵的手柄，手柄拴在铁槽的末端。他吱吱地摇着水泵，冰冷清凉的井水喷涌而出。佩顿先生装满两个玫瑰花边的茶杯，递给孩子一人一杯。

"这是我人生中尝过最好喝的井水。"朱利安说，他用袖子抹了抹嘴角。

"现在出来，看看其他的房子。"佩顿先生说，他拍着自己的帽子，再次为波西亚打开门。不知道，他小时候是否也这般绅士，朱利安心想。

他们先沿着菜园行走，欣赏着蔬菜。一排排蔬菜看起来非常平整，仿佛精心地播种在院子里，是那么完美。蜜蜂在鲜花盛开的豆棚上嗡嗡地叫着，花园用细铁丝网围了起来。

"兔子，"主人说，"土拨鼠，甚至是树林里的鹿，更不要说我自己的家畜。它们都很饿，但是我不让它们受饿。你看看这里，这是我的兔园，没有篱笆，生菜跟我种的一样，有胡萝卜、青豆，搭配挺合理，是吧？不仅如此，我还种了小米和向日葵，以供鸟儿食用。"

"咩——"远处传来一个声音，非常暴躁的声音。

"那是什么？"波西亚被吓了一跳。

"是佛罗伦萨，"佩顿先生回答，"来吧，我带你去看看。"

他们随他沿着小路，来到一堵远离房子的大墙。这堵墙用旧门、尖桩篱栅、木板、铁丝半封闭起来，大门是一张古老的弹簧床垫。墙内有一群羊，在左右移动的树荫下悠然自得地啃着青草。

"我不想让它们到我的兔园去，"佩顿先生说，"但它们还是时不时地溜出来。雄山羊叫山姆大叔，无意失礼，真的。只是它留着胡子，嗯，这个名字似乎很适合它。"

"母山羊叫佛罗伦萨，它让我想起曾经的一个表妹，不是她的长相，而是她的声音。"

"咩——"佛罗伦萨似乎在抱怨。

"听起来就像表妹叫她母亲一样，"佩顿先生沉思着说，"她总是叫她母亲，是个要求非常多的孩子，被宠坏了。"

"咩——"山姆大叔又深又干地叫了两声。

山姆大叔和佛罗伦萨有两个孩子，漂亮的小家伙，耳朵软软的，像瞪羚一样秀美。"但是它们还没有名字，我把它们两个都叫后生。它们现在还喝瓶装奶，稍后你想喂喂它们吗？"

"非常想！"波西亚说。

佩顿先生打开弹簧床垫门。"你们可以出来兜兜风，宝贝。"两只小山羊蹦蹦跳跳地跑出来，波西亚立刻跪在它们旁边，跟它们玩了起来。

"咩——"山姆大叔又叫了一声。

"不是放你出去，老无赖。"佩顿先生说着，将弹簧床垫放回原位。山姆大叔透过铁丝网看着他们，它有一张狡猾的脸，灰色的瞳孔好像零钱罐上的投币孔，身上散发出强烈的山羊气味。佩顿先生伸出手，挠了挠它那后弯的犄角和瘦骨嶙峋的额头。

突然，他听到了另一种声音，软绵绵的，是从海螺壳发出的悦耳的哞哞声。

"我猜我姐姐想要有人陪伴了，"佩顿先生说，"好吧，我也不能太自私。我们去看看她，但是首先，"他留意到客人开始拍打蚊子，"到我家时停留一下，你们可以擦些驱蚊剂。快来，小羊羔们，回到围栏里去吧。"

他们很快发现，这种煎药有一种特别难闻的气味。但正如佩顿先生所说，它确实有效，过了一会儿，他们的鼻子就适应了。

芦苇在太阳下闪闪发光，他们排成一队，走过狭窄的小路时，芦苇倒向了右边。左边屹立着古老的房子，每经过一幢房子，佩顿先生都会用手杖指着它，介绍房子曾经的主人。

"那幢房子是德兰尼的，一户大家庭。他们来自锡达拉皮兹。他们爱好音乐，有一架自动钢琴。我们现在去的沃格哈特家，有点小钱，他有九个孩子，一个非常庞大的家庭。再过去有着雕花走廊的是贝尔梅尔，是我们最好的朋友塔克汤家——'岳母大厦'，唉，不知可怜的塔克汤先生听到它叫……"他说到此止住，没再说下去。

曾经的草地现已变成杂草丛生的荒地，修剪整齐的树篱现已长成大树。成堆的鸢尾属植物到处生长，牡丹也是如此。玫瑰已有多年未剪，仍在残破的篱笆上盛开，它们长长的藤蔓蔓延在草地上，像绣有花边的围巾。

"现在后面的那幢房子是我们的，大房子，大自然播的种子……"

所有的房子里都长了植物，有一幢已经完全倒塌。它躺在碎石堆里，上面长满了野生的黄瓜藤。"那幢房子是卡斯尔家的，他们称之为卡斯尔城堡，我们年轻的时候，觉得它非常有趣……啊，明尼，下午好！"

奇弗太太过来迎接他们，她身穿粉红色的衬衫，深色的长裙上系着围裙，铃状的巴拿马帽缝着纱，她看起来很奇怪，但又很和善。

"孩子们，很高兴又见到你们！是的，我很高兴！"她叫道，"孩子们都是无价之宝，是不是，品达？"

"好孩子都是的。"

"所有的孩子都是！"奇弗太太说，"不过，如果他们和善，你就会更关注他们一些。你想看看我的沼泽园吗，波西亚？朱利安？好吧，兰科植物都开花了。然后我们回去吃点儿点心，我烤了一个大蛋糕。"

朱利安很想知道是什么蛋糕，但是他心里迫切期望的是巧克力蛋糕。

"哦，你会把脚弄湿的！"奇弗太太站在沼泽的边缘叫道，"我穿着套鞋。"

"没关系的，夫人，"朱利安坐下来，解开鞋带说，"赤脚就行了。"波西亚也仿效着脱了鞋。

"至于我，我得到你房子里等候，明尼，喝上一小杯蜂蜜酒。"她弟弟说。他离开时唱着歌：

"这里有谁见过凯莉？
绿宝石岛的凯莉……"

奇弗太太领路，光滑、温暖的水在孩子们的赤脚下咕叽咕叽地响着。波西亚一下子想到蛇，随后就不敢再往下想了。到处都是红翼画眉，冲着这些陌生人咯咯地叫着，或像装饰品一样在芦苇顶上摇摆着，发出哨声。

"但是，奇弗太太，"朱利安忐忑不安地说，"这个——这个沼泽园有多远？"

"哦，远着呢，它在叽叽岛附近，放心，这里十分安全。"

芦苇越长越稀。他们看见了一棵枯树，被风雨侵蚀成了银白色，耸立在空旷的荒野上，生硬、发白的树枝间有一个鸟巢。

"那棵树就是沼泽的入口标志，"奇弗太太说，"从这些泥炭藓可以看出来，我们现在已经置身于真正的沼泽了。"

这些苔藓是波西亚踩过的最软的东西。"好像行走在湿润的貂皮上。"她如梦似幻地说道。

"貂皮？"朱利安嘲笑道，"比湿貂皮更好，就像行走在生奶油上。"

银绿色的泥炭藓成堆地生长，每一脚踩下去，苔藓里都渗出暗水，颜色好像芳香扑鼻的浓茶。

"我猜想，这就是史前时期，地球闻起来的味道。"朱利

安嗅着鼻子说。

"嗯，没人反驳你。"波西亚说。(她刚被草根划伤了脚趾。)

"正是这样，我确定，"朱利安坚持道，"当然，也许还有恐龙的味道。我想知道那种味道像什么？也许像鱼？"

"更像湿雨衣，我是这么想，"波西亚说，"成千上万的湿雨衣和橡胶鞋。"

在一大片鲜花烂漫的狭叶山月桂后，是沼泽园。他们从没见过这样的沼泽园，园里空荡荡的，仿佛是大自然的杰作。平静的黑水池里长着坚硬的猪笼草，瓮形的叶子里盛着水，水里还有死去的昆虫，酒红色的猪笼草花犹如暹罗王的凉伞。

"这些是肉食植物，"奇弗太太说，"这种小小的茅膏菜也是。"

波西亚弯腰仔细地看着它们。植物的叶子圆圆的、肥肥的，有着金红色的锯边，是用来抓捕小昆虫的。这里也生长着其他

种类的苔藓，有一种像微型的松树林，另一种令她想起许多挂在木棍上的小灯笼。

"看看我的兰科植物，我对它们深感自豪。"奇弗太太说。

这些兰科植物的花很漂亮，每朵单独的花都没有叶子，粉红色的花朵好像一只小狐狸。

"哦，这些花好精美，"奇弗太太柔和地说，"也很稀奇，每年春天，我担心它们不会再开花，但还是开了，谢天谢地。它们是兰花——"

"天哪，我以为兰花只是人工养殖的花儿，从没想过有野生的兰花。"

"兰花有许多种，这种叫蛇嘴兰，那是草粉红，稍后还有其他的品种。哦，夏天的时候，你得常来看看——"奇弗太太转过头，笑容满面地看着波西亚，"我从没想过，这个沼泽园还需要一个观众！"

"嗯，很漂亮，但是，您是怎么把它们弄来种到这里的？"

"兰花不容易养，我在沼泽上漫步时，每当在花丛中发现一株植物，便用棍子做个标记。（品达总是剁一些棍子给我，并刷上红漆，以便我过后寻找。）我只在打霜的时候才碰这些植物，将它们从标记旁的冻土里挖出来（祈祷球茎还在），再移植到我自己的沼泽园。我弟弟说，我还真是个沼泽种植能手。"

朱利安在远处晃荡，只听见他说："该死！"

"怎么了？"

"唉！刚刚看见一只蝴蝶，不知道该不该捕捉它！我把捕蝶设备放在佩顿先生家了！"朱利安气急败坏地说道。

"那个铜色的小家伙？只要你常来，就可以经常看到它。"奇弗太太安慰道。

"哦，实际上，我们打算每天都来。"波西亚肯定地说。

芦苇顶上传来海螺壳的哨声。"品达饿了，孩子们，一起走吧。"奇弗太太说。

她深色裙子的褶边已被浸湿，但她似乎没有留意到。"老辈人深受沼泽之苦，"她说，湿裙子不停地拍打着她的脚后跟，"但是我相信，老人需要潮湿。我弟弟和我几乎不知道风湿病意味着什么。真的，我们不知道！"

一群群的小虫子在空中飞舞。蚊子像愤怒的小提琴一样，嗡嗡地飞来飞去，一闻到驱蚊剂的气味，赶紧逃之夭夭。一只苍鹭飞起来，尴尬地叫着，而后又拖着腿，拍着翅膀飞走了。

奇弗太太的厨房安静又凉快。佩顿先生坐在窗户边的椅子上，读着老报纸。"老新闻读起来更安心，"他说，"你会明白，风雨之后才会见彩虹。"

一张四人桌子上放着一个巧克力蛋糕，用玻璃罩罩了起来。朱利安欣喜地发现（波西亚也一样），蛋糕有三层，上面的糖浆有一英寸厚。

"我知道，做个软糖蛋糕是必须的，"奇弗太太说，"结实而深厚，就像墨西哥人建的土砖房一样。你们可以去水泵边洗手，孩子们，我建议你们洗手，驱蚊剂的味道可不好受。"

他们在桌子旁坐下来，喝着茶，吃着美味的蛋糕，朱利安记起了他想了解的事情。

"先生，"他敬重地对佩顿先生说，"请问，现在您是否可以告诉我们，关于贤者之石的来历？"

"啊哈，"佩顿先生开心地说，他用花缎餐巾小心地擦拭着胡子，"稍等一下，我先把烟斗里的烟点燃。明尼，我能点烟吗？我很乐意讲讲这段故事！"

六、小刀与纽扣钩

"这是很久很久以前的事了。"佩顿先生说。他啪啪地吸着烟斗，看着烟丝一点一点地燃烧。"很久以前，恐龙灭绝后不久的事。"

（他当然并不是说有那么久，波西亚心想。）

"那时候，塔里苟在夏天是一块忙碌、富饶的栖息之地。所有的房子都住了人，除了布雷斯·吉迪恩太太家，其他家都有小孩。她家养了哈巴狗和猫。当时，每个人家的花园都得到了悉心护理，草地修剪得整整齐齐，人人都互相帮助。你总能听到后阳台上冰淇淋冷冻机的呜呜声、网球的砰砰声、槌球的敲击声、波浪的拍打声。是不是这样，明尼？"

"是的，是的，"奇弗太太搅着茶，微笑着回忆，"似乎每一天都阳光灿烂，每个人都心情愉快。"

"我们最好的朋友是塔克汤一家。他们有五个孩子，塔奎因是最大的男孩，我们称他为塔克，虽然他比我大三岁，我们却是很好的朋友。他的妹妹贝尔小朋友是明尼最好的朋友。"

"我记得她的真名叫凯尔弗尼亚，"奇弗太太说，"但是大家都叫她贝尔小朋友，她姐姐是奥克塔维亚·卡珊德拉，还有两个弟弟是奥里拉·李和汉尼巴尔。"

"他们的名字都很大气。"佩顿先生说。

"我们的名字也不差，品达。想想吧，明尼哈哈·奥古斯塔、品达·佩里格林、珀尔塞福涅、波吕许漠尼亚和亚历山大·曼弗雷德·莱昂内尔。这些都是我们的名字，但是大家都称呼我们明尼、品达、帕西、波莉和雷克斯。不过，你继续说，品达，我打断你了。"

"塔克·塔克汤和我曾在那些夏天玩得很开心。我们对方圆数英里的乡村非常熟悉，也知道哪些泥沼可以抓到白鲑和小鱼，哪些河边可以抓到鲶鱼和鼓眼鱼。当然，还有一个可供钓鱼的湖，我们就喜欢到处闲逛。我们知道哪里有洞穴，哪里有凶猛的公牛，哪里有农场，哪里有最容易到达的甜瓜地。哦，还有慈姑！我们知道一个地方，下雨后总能找到慈姑，还有一个悬崖，岩石缝里有化石鱼——"

"化石鱼！"朱利安叫道。

"现在已经没有了，"佩顿先生遗憾地说，"岩石炸开了，现在是高速公路的一部分，在那里有一个埃索加油站。"

"哎呀！"朱利安说。

"生长慈姑的地方已埋于梓树大街，就在波克码头狮子俱乐部的下面。"

"哎呀！"朱利安又说。

"嗯，正如我所说，我对这个地方了如指掌，似乎总可以发现新东西，我们在乡下从不烦恼。"

"我明白你的意思。"朱利安赞同地说。

"有一天，我们像往常一样闲逛，穿过一座小桥，来到一块空地，空地中间有一块巨大的圆石——"

"贤者之石！"波西亚和朱利安异口同声地说。

"是的，但那时候还没有名字。哎呀，我们仿佛被雷击到了！我们以前从来没有留意到这块巨石，塔克以为它是一块陨石。'也许是我们上次来这里之后，才从天上掉下来的。'他说。

"'长了蕨类植物？'我问他，'长了苔藓？'这一次，我终于聪明过他了！"

"我也以为它是块陨石，"波西亚说，"不过，只有一瞬间是这么想的。"

"是我告诉她之后，她才反应过来。"朱利安说。

"嗯，从任何角度来讲，这是一块巨大的怪石，"佩顿先生说，"于是我们爬上石头，仔细地查看，塔克说：'我们暂时先保密，我们可以把它当作秘密聚会的地方，或做其他用途。'我当然赞同。那个夏天及第二年的夏天，我们只要想到这块石头的时候，就会去那里聚一聚。我们去巨石的时候没有事先约定，而是从塔里苟各自出发，不约而同地来到巨石会面。对我们而言，聚一聚很重要。我们到达后做的第一件事就是爬上石头，吃着从储藏室或厨房带来的食物。那时候，我们像牲畜一样不停地吃，什么食物都适合我们。吃完以后，我们想玩什么就玩什么。有时候巨石就是战舰，有时候是休伦人包围的城堡，还有时候是汉尼拔的大象，名为塔斯克，不知道取这个名字出于什么原因。我们偶尔躺在石头上，挖着石榴石，看着蚂蚁——"

"蚂蚁的孙子一代还住在那里，"波西亚说，"昨天，我不小心吃了几只。"

"那我们肯定吃得更多，"佩顿先生说，"不过，它们像其他动物一样认可我们。那些夏天好开心，但到第三个夏天，第三个六月的时候，所有的人家都回到了塔里苟，我发现，我的朋友塔克变了。他在东部地区上学，我只有十岁，而他已经有十三岁了，当你还是孩子时，三岁的年龄差别还是有区别的。他总比我个子高，那一年，他比我高三英寸。我得抬头看他，他又高又瘦，在他面前，我就像一只肥胖的土拨鼠。他的说话方式也变了，慢吞吞的，还有些高傲，他还总是穿着鞋子。他带来了一位朋友。那位朋友的名字叫——我想想——哦，是的，他的名字叫爱德华·克利夫兰·贝利，也许二世或三世吧。他个子高高的，说话也拉着长音。我从来没有感到自己是如此格格不入。有一天，我肩上扛着鱼竿，提着装了蠕虫的小罐，去贝尔梅尔。'想去钓鱼吗？'我问。塔克坐在阳台栏杆上，双脚悬在空中。'你就用那个东西钓鱼？白鲑？驼背太阳鱼？蓝鳃太阳鱼？'他说，'哎呀，你应该去河边钓鱼，钓国王去。那才叫钓鱼，对吗，爱德？'

"'你说的国王是什么意思？河边又是什么意思？'我问，'这里附近有小河吗？'

"'他指的当然是墨西哥湾，'爱德华·贝利说，'在大西洋，佛罗里达海岸。他说的国王自然是指国王鱼。'

"'哦！'我说，但我仍然不知道国王鱼是什么鱼。

"'在圣诞假期，我们上了爱德父亲的游艇，去墨西哥湾钓鱼。我只用这种方式钓鱼。'塔克说。

"'游艇！'我情不自禁地说。

"'游艇就是船。'爱德拉长语调，神气地说。他躺在吊床上，盯着自己的鞋底，仿佛鞋底上有什么信息似的，我记得很清楚。'游艇就是船。'他说，'在水上航行，如果船够大，你可以住在船上。我父亲的船够大，船名为那伊阿得，有八十英尺长。我们在船上玩过很多次，是不是，塔克？有一次是柯特·范德普尔掌舵，还记得吗？'

"塔克开始笑起来，然后他们都笑了，谁也没有给我解释笑点在哪里。于是，我便独自溜走了，也没有去钓鱼。我感到很孤独，很伤心，以前从来没有这种感觉。我记得，是心里受了伤。

"就这样，我离开了他们。好在我还有其他的朋友，一伙朋友。比如巴尼·德兰尼，我想他可以算是我在塔里苟第二要好的朋友。有一天，我决定带他去树林里看看那块巨石，我认为塔克已经大了，已经不会再去我们秘密聚会的地方了。一个下雨天，天色灰蒙蒙的，网球场湿漉漉的，湖水冷冰冰的，没法去游泳，我对巴尼说：'我带你去看一样东西，你肯定没有见过。我们去那里野餐。'巴尼同意了。我们艰难地穿过荆棘丛生的榛树林，终于来到巨石所在的空地。就在巨石的顶上，塔克·塔克汤和爱德华·贝利正在吃午餐。

"'快上来，巴尼，'我说着爬上巨石，'这里还有我们坐的位置。'

"'没有位置了，品达，'塔克对我说，他的嘴巴塞得满满的，'小孩子不可以上来。'

"小孩子！这话说得让巴尼和我感觉好难受。

"'这是哲学家俱乐部总部，'爱德华·克利夫兰·贝利二世、三世或四世说道，'在十三岁之前，你们是成不了哲学家的，没有人可以。'

"嗯，我不知道，哲学家是不是动物或鱼类，但是可以确定巴尼不是哲学家。

"'我们的标记在那里，看看，'塔克说，他用一块三明治指着巨石，真的，我看到了刻在石头上的字：贤者之石。

"'那是什么意思？'巴尼问。

"'我们只知道刻了文字，什么意思就靠你去查明了。'塔克彬彬有礼地说。

"'有什么寓意吗？'巴尼固执地问。

"爱德华·贝利露出满脸狐疑的神色说：'你是说，现在你们这些小孩子不识拉丁文？如果不识拉丁文，是无法成为哲学家的。'

"'这些文字的意思是，这块石头是我们的，不是你们的，'塔克对我说，'意思是，我们对石头拥有所有权。'

"'听着！'我说，'石头既是我的，也是你的！我们在同一天找到了它，塔克·塔克汤，你不能据为己有！'

"'但是爱德和我已经说过了，'塔克耐心地说，他在克制自己的怒火，'等你长大可以成为哲学家的时候，你也可以拥有部分所有权，也许吧。'

"当时，我已经打算采取激烈的行动了：先给塔克一拳，再给爱德一脚，然后号啕大哭。但是巴尼表现得极为淡定，他把我拽住了。

"'哦，谁愿待在这个没人想来的地方？'他说，'就让这些傻家伙留着他们的石头，走吧，品达，我知道一个更好的地方。'"

"他真的知道更好的地方吗？"波西亚打断了佩顿先生的讲述。

"没有，他是在演戏。我们闷闷不乐地躲到了古老的帕奇角墓地，在荨草和野玫瑰丛中吃着午餐。我又开始感到心痛了，但是我记得，这丝毫没有影响我的食欲。

"回家以后，我在词典上查找了'哲学家'一词的释义。字典上说，哲学家是指博学的人，能冷静又成熟地适应生活中的各种状况，无论是好是坏。这样的释义令我吃了一惊，塔奎因·塔克汤或爱德华·贝利肯定不是这样的人。但是，当时我查不到'贤者之石'的意思。

"我知道应该去问谁。我父亲如果不是博学多才，恐怕他不会给自己的孩子取珀尔塞福涅、波吕许漠尼亚这么深刻的名字。所以那天晚上，吃完晚餐后，我去了他的书房。'爸爸！'父亲举起那只戴着戒指的手让我稍等一会儿，然后继续沙沙地写信，我一边看着他，一边等待。他是一个坚定而俊俏的男人，是吗，明尼？"

"哦，他的胡子很可爱！"他姐姐说，"纯金色，他从胡子中间将其分开，下巴上的胡子梳向两个方向，仿佛两只翅膀。如今，你看不到那样的胡子了，看不到了！"

佩顿先生又开始抽烟，他的烟斗闪闪发光，烟雾缭绕。"烟斗需要不断留意，就像对待婴儿和几内亚母鸡一样。"他说着吸了一口烟，"瞧瞧！嗯，就这样，父亲终于写完了信，他放下钢笔。'有什么可以帮到你吗，儿子？'他问我。

"'请问，"贤者之石"是什么意思？'我说。

"'你说什么呀？'他说。当然，我不知道'贤者之石'怎么发音，但我很擅长拼写，当我把这几个字写出来时，父亲告诉了我答案。他说，在远古时期，炼金术士认为，某个地方有一种石头或矿物，可以将任何金属转化为金或银。'你为什么想知道这个，儿子？'他说，'你读了什么？'

"'一块石头，爸爸。'我说，然后我将整个故事告诉了他。

　　"'好吧。'他说，'所以，塔奎因·塔克汤现在是哲学家了，是吗？三个月前，他还是个顽童，不是吗？'

　　"我问父亲，多少岁才能成为哲学家，他说：'我从没听说过当哲学家必须要满十三岁。小孩子也可以有哲学思想，牛也有哲学思想。儿子，现在让我看看你的小折刀。'我吃了一惊，他把我的小刀放在桌面上，与他金色的小刀（客户所赠）并排摆在一起。'同样的尺寸，'他点着头说，'完全一样的尺寸。我猜巴尼有一个纽扣钩，是不是？'

　　"'是的，爸爸。'我说。我想知道，为什么父亲会问这个。

　　"'听我说，儿子，我想到一个玩笑。'父亲说，'无伤大雅，只是一个小笑话。但是你和巴尼必须练习——'

　　"于是，巴尼和我开始演练这个笑话。我们将耳朵贴着地面，终于有一天，我们听到塔克和爱德华·贝利打算去石头上野餐。

　　"'快来，巴尼，'我说，'不要浪费一丁点时间，你带上你的东西，我带上我的东西，快点！'

　　"我知道一条捷径，不一会儿，巴尼和我便匆匆穿过树林。我带了两把小折刀，巴尼也带了两个——"

　　"纽扣钩！"朱利安大叫，"是金色的那个吗？"

　　"你猜对了！"佩顿先生说，"它是金色的，放在我母亲的梳妆台上，是布雷斯·吉迪恩太太送的生日礼物——"

　　"母亲从不在乎它，"奇弗太太打断说，"她说，她宁愿要其他的金色物品，也不要金色的纽扣钩！"

　　"嗯，它迟早会有用的，"佩顿先生说，"我们来到巨石跟前，爬上石头等待着。当塔克和爱德华·贝利到达时，发现我们正弯着腰，努力地扣着石榴石。我拿着自己的小刀，巴尼拿着他的纽扣钩。他把它当成了凿子，用块石头努力敲打着它的末端，十分笨拙。但也只能用纽扣钩，因为这是我们家除了珠宝以外唯一的金色物品。

"哦，这些家伙都生气了！'我记得，我告诉过你们小孩——'塔克开始说，但是我打断了他的话。

"'等一下，'我对他说，'等一下，我把这块石榴石取出来后，马上就走，我想把它送给我姐姐——'

"'但石榴石也是我们的！'爱德华·贝利说，他有八九岁甚至十岁了，生起气来像一头牛。我觉得在他把我推下石头前，最好赶紧表演父亲教我的小把戏。于是小折刀在我手里突然变成了那把金色的小刀，金刀！

"'金子！'我叫道，像鱼一样喘着气，转着眼睛，'朋友们，我的小刀变成了金刀！真是个奇迹！奇迹啊！'

"'你在喊什么？'爱德华说，不知道他是七世还是几世。他也跑过来看着小刀，瞪圆了眼睛。

"'金刀！'他茫然地说，'这真是金刀，塔克，看看它——'

"而巴尼也悄悄将普通的纽扣钩换成金色的纽扣钩。然后，他也开始叫起来。

"'金钩！'他大叫，'发生什么事了？品达，我的纽扣钩也变成了金钩了！'

"我发誓，塔克和爱德华当时简直惊呆了。

"'贤者之石！'塔克低声敬畏地说，'我们找到了一块，我们找到了一块！'

　　"我看着巴尼，又转移了目光。他似乎想笑，却又克制住自己不能笑。

　　"'我们赚了！我们会成为名人的！'塔克说。爱德华·贝利最先回到现实。'你们把小刀和纽扣钩都交出来，'他命令说，'如果是我们的石头将它们转化为金子，那也是我们的金子，没有人许可你——'

　　"'听着，这是我们的纽扣钩和小刀，'我说，'没有人让石头将它们转化为金子，你们用自己的小刀和纽扣钩试试——'

　　"但是塔克已经在用自己的小刀削刮石头表面，他似乎生气了。'这不可能！'他说，'这个东西根本没有变！'

　　巴尼和我打算离开时，巴尼说了最后一句话。'别着急，朋友们，'他说，'我们在石头上刮了近一个小时，才发生奇迹，你们得坚持下去。'

　　"然后，我们像猿猴一样跳下巨石，看到那两个男孩子还在不停地刮石头，我们感到非常开心。"

　　"我觉得这很卑鄙，"奇弗太太说，"卑鄙的方法。"

　　"哦，明尼，这是父亲的主意。"佩顿先生说。在那奇怪的瞬间，波西亚觉得老绅士确实有点卑鄙。在波西亚看来，他似乎就是一个小男孩。

　　"我认为是他们活该。"朱利安说。

　　"哦，孩子们，"奇弗太太叹息道，"他们其实是好朋友。"

　　"后来发生什么了？"波西亚问，她喜欢穷根究底，纠缠不休。童话故事里的王子和公主"从此幸福地生活"后，她还想知道他们生了多少个孩子，叫什么名字，老巫婆是否换了长相。

"后来发生的事，"佩顿先生看着烟丝已经熄灭的烟斗回答，"就是我们非常低调，我们还不想遇到未来的炼金术士。搞清楚事情的来龙去脉后，爱德华·克利夫兰·贝利不再来访。不久，他便回到原来的宝地。塔克过来找我，我很担心。"

"你的担心很正常。"他姐姐坚定地说。

"但是，塔克是个好人，"佩顿先生说，"他过来对我说：'你们一定把爱德、我当成是傻驴了，我们恼火了好几天。但是我们活该受罪，现在可以罢休了吗？'

"当然可以。下一次我们去巨石的时候，塔克带了槌棒和凿子，把我们两个人的名字刻在石头上——'塔奎因与品达'。"

"我觉得你应该把'与巴尼'也刻上去。"奇弗太太说。

"嗯，没有这样做，"佩顿先生承认，他的脸上再次闪过孩提时代的神色，"但是我们三人仍是好友，现在也是，"他高兴地说，"有时会通信，塔克在新加坡做进货商，已经退休了。巴尼住在波士顿，还在做法官。"

他走到纱门边，开门探出身子，在弯曲的栏杆上敲着烟斗。

蛋糕已被吃掉一大半，茶壶冷如石头。波西亚把盘子和茶杯拿到铁水槽边。

"你知道我想送什么给你们吗，孩子们？"奇弗太太说，她又在围裙上系上另一件围裙，"品达，你知道我想送什么给他们吗？"她戏剧般地停顿了一下。"一幢房子！"她说，"这里都是老房子！除了蝙蝠和鸟儿，谁也用不上这些房子，有一些房子还安全着呢。你们可以挑选一个安全的房间，当作俱乐部。如果你们愿意，还可以把朋友带过来。哦，品达，在塔里苟这里再听到孩子们的声音，不是挺好的吗？也许他们并没有这个打算——"她看着他们，犹豫地说。

但是，波西亚用洗碗巾缠着她的许愿骨叫道："哎呀，奇弗太太，这真是个好主意！"

朱利安说："这太棒了！"

七、贝尔梅尔

佩顿先生讲故事的时候，天空中彩云密布。当他们从屋里出来时，看到天空的颜色已由绿黄色变成了冷灰色。风中飘摇的芦苇呈现出一种天鹅绒般的淡蓝色。

"还没有下雨，"佩顿先生望着天空说，"今晚可能会下雨。十一二点的时候，可能会下一场大雨。园子里需要雨水，青蛙也一样。"

"我弟弟有预测天气的非凡才干，"奇弗太太说，"我知道他很少会出错。"

"沼泽教会我的，"佩顿先生承认，"像我们独自生活，不受他人的性格影响，你很快就会发现，你开始熟悉天气的性格，它是多变的。"

他们排成一列，鱼贯而行。

"现在那幢房子，"佩顿先生用手杖指着说，"德兰尼的那幢房子，也许是好的，但是有一条牛蛇在门前台阶下安了家，我相信地下室有老鼠——"

"不，谢谢！"波西亚说。

"卡斯尔城堡已经倒塌，当然，更远的那幢也破败不堪，屋顶都没了。大房子的情况也一样，但是，塔克汤家的那幢也许还好。"

"我们去瞧瞧！"

贝尔梅尔门前庭院里的青草已经齐腰了，古老的房子阴森森地耸立在他们面前上，既破旧，又别致。

由于房子年久失修，受到潮气影响，前门已牢牢地卡在门框里。无奈，他们只好从一扇没有下框的窗户进去。他们进入的房间又大又暗，地面上尽是落下的灰尘，许多伞状毒菌在那里闪闪发亮。

波西亚指着他们面前的墙壁，大叫了一声。她以为自己看到了一群陌生人或鬼怪向他们走来，实际上那只是他们的影像，因为对面墙壁上挂着一面大镜子。

"我以为是一群人，不单单是我们，"她带着歉意地说，"我是说，他们——我们——看起来如此幽暗而奇怪——"

"我自己也吓了一跳，"奇弗太太承认，"我知道那里有面镜子，拉芙纳尔太太的旧镜子。她就是岳母，是她把镜子送给贝尔梅尔的。当然，镜子现在已被潮气损坏，看看它有多少斑点，边框也发黑了……"

看着镜子，仿佛置身于长满浮萍的水塘。看着镜子里的自己，波西亚很是喜欢。柔软、暗淡而神秘，她心里想。

"现在，在天花板上，你们能看到一盏破碎的灯具，那是一盏非常精致的煤气灯。"佩顿先生挥舞着手杖说道，"想知道发生什么了吗？"

"毫无疑问，被盗了，"他姐姐说，"那时候，盗贼在塔里苟偷了很多东西。"

孩子们逐渐适应了暗淡的光线，他们看到壁纸已经脱落，墙上有许多名字和日期的涂鸦，楼梯栏杆的光滑红木上刻着姓名的首字母。

"这就是他们过去常做的事情，"奇弗太太怡然自得地说，"自从我弟弟和我在这里定居以后，他们就不再来了，也许他们以为我是巫婆。"她颇有几分得意地把铃状的帽子拉直了。

"别人认为明尼是个危险人物，她反而觉得高兴，"佩顿先生镇定地说，"其实她的危险程度仅相当于鸽子。波西亚，朱利安，当心这些楼梯。如果你们选中了这幢房子，我建议你们修一修踏板，朱利安，我给你们工具。抓住栏杆扶手，明尼。"

"我知道的，品达，"他姐姐说，她没有抓住扶手，而是提起裙子，以免踩上它，"我希望你不要叫我明尼！"

"我完全知道你的感受，"波西亚亲切地表示赞同，"大家都叫我波西！"

"嗯，我没有，我不会这么称呼你！"奇弗太太说。

楼上的大厅里，佩顿先生走在前面，他警告大家要小心，他的长靴时不时重重地踩在地板上。"声音似乎很完美，"他说，"房顶没有受损，但最好还是当心。1942 年以后，我还是第一次来这里。"

通向大厅的房间暗淡而空荡，土蜂窝靠在土堆上。房间里没有家具，只有一两个破烂的盥洗盆和一个铁床架，灰泥掉得到处都是，浓烈的潮气直扑鼻子。

"那是塔克的房间，"佩顿先生说，瞥了一眼门口，"天哪，我记得可清楚了，当时墙上有很多地图，天花板上是他按夏天的顺序画的星座图，你仍然可以看到一些蓝蓝的、金黄的颜色。他画星座花了点时间，在两把梯子之间架上一块木板，然后躺在梯子上画的。'正如米开朗基罗为西斯廷教堂绘画。'他说。但是，他身上落了不少涂料，头发上、睫毛上，到处都是。'我也吃了不少，'他说，'因为我专心绘画时张开着嘴。'好在他没有中毒，但毫无疑问，在那之后很长一段时间，他的消化道变成了蓝色。"

"我记得他蓝色的睫毛。"奇弗太太说，他们继续走过大厅，"这里最末端的那间房就是贝尔小朋友的。"她试图打开门，"哦，亲爱的，这糟糕的门被卡住了——品达，看看你能不能——"

佩顿先生和朱利安用他们的肩膀撞着门，门哗啦一声撞开了，他们跌跌撞撞地进入房间，奇弗太太和波西亚也跟了进来。

"这个房间很漂亮！"波西亚惊叫道。的确如此，房间明亮宽敞，有三扇窗户和一个壁炉。房间面向南方，已经封闭了很久，比其他房间更干燥，没有黄蜂寄宿在这里，尽管炉边有迹象表明，褐雨燕曾在烟囱里筑巢。

波西亚不假思索地走向一扇关闭的壁柜门前，转动门把手。这道门和其他门一样也卡得非常紧，刚开始纹丝不动，然后突然崩开，撞在她的额头上。

"哎哟！"波西亚说，"哎哟，看看架子上有什么，奇弗太太！哎哟，看看这些！"

奇弗太太戴上眼镜，以便看得更清楚。"嗯，我记得，这是贝尔小朋友的旧玩具，我可以确定！"她伸出手，从架子上取下一个玩偶。玩偶的假发已经掉了。它的眼睛以前是可以闭上的，但现在它的蜡质眼皮也如贝尔梅尔的门，紧紧地卡在眼窝里，借助坚定的蓝色玻璃眼球凝视着这个世界。

"卡林西亚，"奇弗太太看着玩偶的黄色衬裙和小小的皮拖鞋，沉思着说，"这是卡林西亚·凯尔弗妮娅·塔克汤。我给她取的名字，我已经有五十年没有想到她了！你认为大脑会忘记哪一件事情吗？"

"我会忘记算术，"波西亚说，"还有国界线之类的事情。还有其他的东西吗，奇弗太太？这个漂亮玩偶呢？"

"拉维尼亚·卢卡斯塔，"奇弗太太立即回答，"也是我给取的名字。"

"哪怕是塔里苟的玩偶，名字也取得非常秀气。"佩顿先生说。

"贝尔小朋友为什么自己不给她们取名字？"波西亚很想知道，"很久以前，我玩玩偶的时候，最喜欢的事情之一就是给她们取名字。"她瞥着朱利安说。

"哦，我是这些娃娃的监护人。这个玩偶来自法国，我给她取名尼科莱特，实际上是尼科莱特·米歇尔。真奇怪，你忘记了的东西，还能想起来！这是贝尔小朋友十岁生日时，布雷斯·吉迪恩太太送给她的礼物。贝尔小朋友打开盒子后说：'哦，又是一个玩偶！'（布雷斯·吉迪恩太太不在场，谢天谢地！）'哼！'贝尔小朋友说，'我宁愿要一只活生生的几内亚小猪！或者一把气枪，或者一些嚼烟！'（当然她并不是真想要这些东西！）哦，她不喜欢玩偶，非常讨厌她们，这就是为什么她把她们都放在柜子里的原因。我以前与她一起玩过玩偶，也带她们去拜访我的玩偶，这样她们就不会觉得孤单了。"

头顶的阁楼传来一阵脚步声和微弱的讲话声。佩顿先生和朱利安对玩偶没有多大的兴趣。

"可怜的塔克汤太太，回想起来——"奇弗太太继续说，"她是一个个子矮小、衣着花俏、香水味浓郁的女人。贝尔小朋友十岁的时候，已经高过她妈妈了，她穿的鞋子比妈妈还大两码！哦，她一定令塔克汤太太很伤脑筋！我是说，虽然她妈妈爱她，但是她太高大了！她还是一个假小子，她从没认真扎过头发，总是任凭头发像两条长长的尾巴一样垂在脸庞两边。她喜欢爬树、爬屋顶或者骑无鞍的小马。当然，我也喜欢做这些事情，但是我和她不一样，很少弄得满身擦伤或肮脏不已。"

朱利安咚咚咚地爬下阁楼，打断了她的话。佩顿先生不紧不慢地跟在他身后。

"波西，听着！阁楼很干净！"朱利安叫道，"正适合做总部，那里有许多椅子和行李箱，视野也挺开阔！快来看看！"

波西亚跟他走上陡峭的楼梯。当她的视线与阁楼地面平行时，她最先看到了一只椅子脚、印花的瓷质洗水盆侧面和一排

熨斗。进入阁楼后，她看到了变形的行李箱、笔直而坚固的烟囱、倾斜的屋顶上装着的采光窗。正如朱利安所说，这里的视野很好。向西看，是辽阔的沼泽，叽叽岛仿佛深色的小船，岛后是一片树林。向东看，是贝尔梅尔家破烂的马厩和绿房子，还有更大的树林。向南看，是乱七八糟的破房子，还有奇弗太太养的一大群鸡。但是是北面根本没有窗户，只有棕色的木墙，墙上用白色粉笔按层次写着许多名字和日期。

"塔克汤家孩子的成长标志，"奇弗太太看着名字和日期解释道，"看看1887年时，贝尔小朋友还是个小不点，到1900年时竟有这么高了！她已长成一个身材完美的女孩——

令每个人都吃了一惊！后来，她嫁给了一位伯爵，去了意大利。”

“看看这里，明尼，”她弟弟轻快地说，打断了她的沉思，“这两个可怜的孩子有好多椅子和脸盆，但是怎么没有一张桌子呢？该从大房子里搬一两张桌子过来吗？还是继续让那些东西将你的房间塞得水泄不通？”

“当然可以！大房子里有很多桌子、窗帘和小地毯，虽然那些小地毯为世世代代的蛾虫提供了均衡膳食，但它们的颜色仍然鲜艳——”

“哦，我喜欢修修补补。”波西亚热情地说，“楼下阴森恐怖，我就喜欢这里，相比之下，这里的环境更好。”

“我们就在这里成立俱乐部吧，波西，”朱利安说，“我们修好这里的一切，然后再邀请一些人加入，比如乔·费尔德、汤姆·帕克斯等。”

“也许我得找个女孩来，总有女孩愿意加入吧？怎么称呼俱乐部呢？贝尔梅尔俱乐部？”

“不，这名字听起来就像高尔夫球俱乐部，”朱利安嘲笑道，“为什么不叫哲学家俱乐部呢？虽然我们不是哲学家，也许永远都不会成为哲学家。”

“是的，好吧，就叫这个名字，朱尔。”

当他们转身看到佩顿先生时，他们吃惊地发现，他似乎很开心。

八、俱乐部

佩顿先生的天气预报果然准确。半夜时分，波西亚醒过来时，听到了淅淅沥沥的雨声。很好，她心想，翻过身子，听着雨声睡得更香了。

第二天她醒来时，雨还没有停止，她却没有那么开心了，心想：我们什么时候才能去消失的湖。但是，无论如何，他们还是会去的，她对此深信不疑。

她穿好衣服，看着窗外细心的母哀鸽，希望能为它披上一件小雨衣。当她下楼时，第一眼就看到了西斯尔满脸怒气地等候在纱门外。前一个晚上，虽然它在谷仓努力地抓老鼠，却被大雨打乱了它的计划。

"好了，别怪我，"波西亚说着为它打开门，"我也不喜欢这样。"

天色太暗，希尔达婶婶打开了厨房的灯。福斯特抬起头。"肉桂面包。"他直截了当地说，嘴巴塞得满满的。也许这个早上并不糟糕吧。

大卫·盖森也来了，与他们共进早餐。杰克叔叔喝着咖啡，一言不发。朱利安吃完早餐，便在楼上的房间里大声地喊着战斗口号。

"快来，福斯，快点出发，发射！"大卫大叫，"我们去你的房间做点什么，我带了锤子来！"福斯特跳起来，他们砰砰砰地跑上了楼。

"楼梯地毯又厚又好。但接下来要清理一下了。"希尔达婶婶下定决心似的说。

杰克叔叔叹息道："雨就像浓咖啡或肾上腺素一样影响男孩子，从未失效过，它能唤起他们的野性，可怜的希尔达。"

"哦，我没事，"她说着给他一个吻别，"我会用棉花塞住耳朵，再用吸尘器清洁地面。"

吸尘器的噪音特别大，波西亚一边给福斯特铺床，一边心想他坚持睡上铺是多么糟糕的选择。楼下，希尔达婶婶将吸尘器调到最大功率；福斯特和大卫一边敲着锤子，一边争论不休；朱利安将录音机调到最高音量，以排除其他人的噪音。

最后，波西亚忍无可忍，只好跑到阁楼。她在杰克叔叔的行李堆中坐下来，翻看起《呼啸山庄》。西斯尔也跟上来，喵喵地叫着睡在她身边。

中午，他们在清洗餐具的时候，朱利安低声而严肃地说："听着，我们今天下午一定要去消失的湖！我们得着手俱乐部的事情！"

"哦，我知道。"波西亚兴奋地说，好像一刻也不能耽误了。一个小时后，他们便沿着潮湿的高速公路前进，汽车在他们身边呼啸而过。啪嗒，啪嗒，朱利安的橡胶鞋不停地响着；啪嗒，啪嗒，波西亚的橡胶鞋紧跟其后。雨水打落在她脸上，她伸出舌头舔着雨水，感觉什么味道也没有。

穿越榛树林不是一件容易的事情，湿漉漉的树枝划着他们的袖子、脖子和鼻子。当他们沿着古老的马车道行走时，肆虐的大风一阵阵地刮下树叶上的雨水。过了一会儿，朱利安突然停下说："波西，你听！"

"我知道，"她说，因为她也听到了一群青蛙的呱呱叫声，"沼泽里的青蛙一定有成千上万只。"

"与鸟叫相比，我更喜欢青蛙的叫声，"朱利安说，"因为它们的叫声都一样。"

当沼泽进入他们的眼帘时，潮湿的风向他们刮来，仿佛猫毛轻拂他们的脸庞，破旧的房子被雨水浸透了。

"此时这里看起来确实令人沮丧，"波西亚说，"我很高兴这并不是事实。"

结果佩顿先生不在家，但是山姆大叔和佛罗伦萨轻声地问候他们，听起来有点无聊和厌烦。母鸡在滴着水的牛蒡叶中垂头丧气地啄食。

"也许他在奇弗太太家，"朱利安猜测说，"快来，波西。"

当他们快到她家时，一阵阵收音机的歌声向他们迎面飘来，还有一股烟草味和其他勾人食欲的味道。

这些声音和香味都从奇弗太太的厨房飘过来的，从房子的周围弥漫到后门。他们那天看到的家禽中，只有鸭子比较兴奋。

佩顿先生和他姐姐坐在厨房的桌子边玩纸牌游戏，收音机里传来了《卡门》的《哈巴涅拉》选段。

"来了吗，孩子们！"奇弗太太从椅子上站起身来叫道，"我很开心，你们终于来了。我弟弟和我担心下雨，你们不会来了。脱下你们的橡胶鞋，放在这里吧，等一下我把鞋子放到长凳下，把你们的雨衣挂在炉边的椅子上。老天爷，这是什么天气！"

"青蛙喜欢这样的天气，"朱利安说，他脱下雨衣，尽量不把雨水溅到地上，"我第一次听到这么多的青蛙叫声。"

"好听的声音！"奇弗太太说，"就像春天的声音，然后又重归于宁静。雨水让它们放声大叫，我猜它们想到了春天。"

"你应该听听大家伙的叫声，"她弟弟说，"沼泽上的牛蛙有小狗一般大小，到了晚上，你能听到它们深沉而粗暴的叫声，咕噜，咕噜，咕噜，就像老男人谈古论今。"

"你们想吃些点心吗？"奇弗太太问，"今天我没做蛋糕和饼干，但是我有储备的野生黑莓和品达的蜂蜜，今天早上我还烤了面包。"

难怪先前他们闻到了香香甜甜的气味。

"我不想打扰你们玩牌。"波西亚弱弱地说。

"哦，没关系！"佩顿先生说，"她要输了！"

"我打牌总是输，"奇弗太太忧郁地说，"我不知道我为什么还是喜欢打牌。但是下象棋，我经常赢他！"她一边说着一边从光滑的棕色新面包上拿起一块布。她没有冰箱，但在地窖有一个冷藏室，她从这里拿出黄油和一罐山羊奶。

"我们每月只有一个星期有黄油，"她说，"就是我弟弟开车去镇上的那个星期，我们都喜欢吃黄油。"

波西亚抿了一口山羊奶。朱利安觉得山羊味太重了，没有喝完。但是，他吃完了其他的点心，和波西亚满怀期望地坐着等待。

"是的！桌子！哲学家俱乐部的家具！"佩顿先生站起来感叹，"这是我们年轻的朋友最关心的东西，明尼，你有大房子的钥匙吗？"

"嗯，你知道我有！"他姐姐回答，"你清楚得很！"墙上有一个挂钟，嘀嘀嗒嗒地响着，她走到挂钟旁，打开小小的玻璃门，取出一把钥匙。

"湖失的湖边只有一幢房子是锁了门的，"她告诉孩子们，"当然，除了凯普瑞斯别墅以外。孩子们，先擦上驱蚊剂，雨后会有很多蚊子，你们懂的。"

"您不擦吗？"波西亚问，他们都擦着气味刺鼻的药水。

"哦，我们现在很少擦驱蚊剂了。我相信，我们有免疫力了，不再怕蚊子了，也许是擦过好几年药水后，让它们永远不敢侵扰了。"

不一会儿，他们都上路了，奇弗太太穿着一件庞大的花格子羊毛披肩。"五十年前，我丈夫奇弗先生从爱丁堡买回送给我的。"她说。她打着一把绿色的大圆伞，说是奇弗先生同一年在托斯卡纳买给她的。佩顿先生穿着宽松的长外套，戴着宽边的帽子，看起来非常威严。啪嗒，啪嗒，孩子们的鞋子发出清脆的声音。母鸡们看着这古怪的阵容，不时地咯咯叫着。

"母鸡就是爱自怜，"佩顿先生说，"愚蠢的家伙，它们是怎么生出蛋来的？我搞不懂！"

他们转过大房子的门柱边，在高高的湿漉漉的长草和雏菊丛中行走。一群蚊子惊动起来，给青蛙的呱呱声增加了一丝嗡嗡声。大房子果然很大，比贝尔梅尔还大。一排木阶通向走廊，凹陷的走廊仿佛帽子的边缘。他们踮着脚，小心翼翼地走过摇摇晃晃的走廊。

"这个走廊不算长。"佩顿先生愉快地说。他从姐姐手中取过钥匙，打开门锁，他和朱利安推门而入。明亮透气的大厅映入他们的眼帘，一大堆掉落的灰泥已经掩盖了楼梯。"屋顶没了，"佩顿先生说，"已经有好多年了，过不了多久，整幢房子都会像卡斯尔城堡一样倒塌。"

希望我们在这里时不会倒塌，波西亚心里祈祷道。

"也许我们并不需要桌子之类的东西。"她提议说。

"哦，今天不会倒塌，"佩顿先生确切地说，"如果再经历一两场风暴，也许会吧，我是说，真正的狂风暴雨。现在这个房间，"他说着，带领他们进入一道打开的门，"这是客厅，基本上是空的，大多数东西都搬到我姐姐的客厅去了。"

客厅里还存在的东西包括一块挂在墙上的饰板，饰板上一个庞大的毛绒驼鹿头伸出来往下看着。它已被飞蛾蛀得千疮百孔，但它的玻璃眼睛仍然炯炯有神。在两只棕榈叶形的大鹿角之间是一个知更鸟巢，仿佛一个小小的头巾。

"现在我想知道那个鸟巢有多久了？"奇弗太太说，"我以前从没留意到它。"

房间里的其他东西还有两张大小不一的桌子、一个雕花衣柜、壁炉、几卷地毯。此外，还有一幅巨大的油画，画的是一位女士，尖尖的下巴，面色苍白，圣洁的眼睛如鸡蛋一般大小，光滑的头发披在肩上，好像卷起的甘草，纤细的手上捧着一本小书。她对背景中即将到来的暴风雨似乎无动于衷。她的名字"比乌拉"就刻在匾框上。

"我一直厌恶那个女人，"奇弗太太承认，"好在她跟我们没有关系，只是客户送给爸爸的一件礼物，他把她挂在大厅里的小桌上。贝尔小朋友也鄙视她。'假装圣洁的老家伙，'她曾经这么说，'看看她，连进来避雨的常识都没有！'"

"嗯，我们的哲学家俱乐部不需要她，这是肯定的，"朱利安说，"但是这些桌子用得着。"

"我希望这些小地毯也有用，过来帮帮我，品达。"

他展开第一卷小地毯，一个大老鼠窝进入他们的眼帘，好在没有老鼠，窝里夹着几片咬碎的信纸。波西亚看到一张碎片

上的日期是 1894 年 8 月 3 日。小地毯上满是窟窿。

"哦，什么小动物都进过这些房子，"奇弗太太说，"鸟儿、蝙蝠、老鼠、飞蛾……"

"大黄蜂。"他弟弟补充道。

"人，比如我们。"波西亚补充道。

"是的，这里以前有许多盒子，放在沃格哈特的前廊下。"奇弗太太说。

第二张小地毯和第一张一样破烂不堪，但是第三张鲜红色的地毯却印着蕨类植物图案，基本上没有破损。

"衣柜里有窗帘。"奇弗太太拉开雕花的门，拿起一块又一块褐色的印花棉布。

"不知道我姐姐为什么把它们留在这里，"佩顿先生说，"如果可以，她能把幕布挂在煤球上、鸡舍上，还有羊圈上。她就是喜欢用幕布。"

"哦，品达，你继续说吧，哎呀！波西亚，还有挂在餐室的门帘，一共有五对，谢天谢地，刚好够你的俱乐部用，对不对？"

"太好了！红色的门帘很漂亮，"波西亚抚摸着这些旧锦缎说，"会不会太可惜了？"

"总比被老鼠啃掉好吧！我们看看这些小地毯、桌子、帘子。衣柜太重了，搬不动，有没有你想要的其他东西？"

"我想要那个驼鹿。"朱利安说。

"没问题，没问题，"佩顿先生说，"但是我建议要彻底除尘，再放进几粒樟脑丸。"

大家就这么定下来了，一旦他们清理完贝尔梅尔的阁楼后，孩子们就把家具搬过去。

"这个工作量可不少，"奇弗太太警告说，"据我所知，自 1904 年以后，阁楼就没有打扫过。"

回到奇弗太太家时，他们从她家借来了拖把、扫把、垃圾铲、许多抹布、一块肥皂，还有两桶水。佩顿先生帮他们提到贝尔梅尔，之后由波西亚和朱利安接手。

他们努力地干了很长时间的活儿，推开椅子和箱子——尽管箱子都是空的，打扫宽敞的地面，扬起一阵阵厚厚的灰尘。在屋顶漏水的地面上，已经形成好几个泥坑。波西亚用拖把清去屋橡上古老的蜘蛛网，许多网丝掉落在她身上。他们打开窗户，将灰尘倒了出去，谁会在乎呢？他们刷完地板后，也用同样的方法倒掉了脏水。这样干家务活，不失为一件趣事。

"哦，我们明天再布置家具吧。"波西亚累瘫在摇椅上，最后叹息着说，"我好累，骨头都快散架了。"

"我也累得不行了。"

"你也脏兮兮的，你看起来似乎需要刮刮胡子了。"

"嗯，你的刘海上粘了一张破烂的旧蜘蛛网。你的耳朵上也是。"

"啊，帮我拨掉好吗，朱尔？我不知道蜘蛛网为什么会掉到我身上，我可不喜欢蜘蛛。"

他们安静地坐了一会儿，闻着阁楼的清新空气，欣赏着自己的劳动成果。朱利安第一个站起身来："我们得走了，路面潮湿，我们回去的路还长着呢。"

"我现在只能爬着回去了。"波西亚感叹。一阵雨点打落在屋顶上，发出碎石般的咚咚声。

"啊呀，孩子们！"屋下突然传来佩顿先生的声音，"你们知道吗？快六点钟了。"

他们谨慎地走下楼梯，波西亚倚在扶栏上。

"你们一定很累了吧。"他们的朋友说，"外面还在下大雨，快来，我用汽车送你们回家。"

"哦，没关系，先生。"朱利安模棱两可地说。

"胡说，快来，花不了多少时间，蓄电池也需要用一用。"

奇弗太太躲在绿色的圆屋顶下，站在门口等待。青蛙还在荒地里呱呱地叫着。

"我想带你们去看看机器是什么样子。"她说。

"汽车是借来的，"佩顿先生说，"永久性借的。多年前，我们刚回到塔里苟，没有交通工具，资金也有限，我得步行去镇上。后来去凯普瑞斯别墅时，我发现可以进入布雷斯·吉迪恩太太的车库。幸运的是，我看到了她停在那里的富兰克林汽车，一直用帆布盖着。稍后你们就会看到它，虽然它样子有些古怪，但很方便。"

佩顿先生带领他们来到房子后的马厩，他打开大门。

"瞧瞧！"他说着站到一旁。

"哇！"朱利安说。

"天哪！"波西亚说。

奇弗太太双手捧着脸，笑得合不拢嘴，好像小女生一样。

富兰克林汽车看起来非常尊贵，巨大的车前灯好像大虾的眼睛。这是孩子们见过的最古老的汽车，但是红色的油漆光彩夺目，纤尘不染，黄铜配件油光可鉴。

"你们介意不介意乘坐老古董？"佩顿先生问。"与老古董同行。"他又补充。

"我巴不得呢！"朱利安兴奋地说，"快来，波西，你可以坐后排。"

"谢谢。"波西亚说着爬了上去。

他们坐在通风而气派的车上，心里有一种如登王座的自豪感。

"现在的车都太低了，"波西亚说，"这种车视野更好。"

"这辆汽车唯一的问题就是需要摇手柄才能发动。不用了，朱利安，我来吧，我对它的缺点更熟悉。"

佩顿先生不停摇了几次曲柄后，机器在突突的震动声中发动起来，它颤抖不止，声音震耳欲聋。

"消声器锈掉了，"佩顿先生大声说，"没有换新的，汽车有点儿像火箭。"

"平稳！"朱利安也大声说，"波西，是不是很平稳？"

"很平稳！"波西亚撕心裂肺地喊道。

"再见，孩子们，下次再来！"奇弗太太挥舞着绿色的雨伞说。

汽车在突突的吼声中自豪地前行了。佩顿先生握了握黄铜喇叭，发出响亮的号声。

　　汽车有顶篷，但是没有侧板，雨不断地飘进来。虽然它的时速还不到二十英里，但是它雄赳赳、气昂昂的前进，令人感觉比平稳的现代汽车更刺激，孩子们心想。

　　佩顿先生大声地说着什么。

　　"您能再说一遍吗，先生？"朱利安礼貌地大声喊道。

　　"我说，能见到你们的家人，是我的荣幸！"佩顿先生大声回复。

　　"哦！"朱利安说，他回头看着波西亚。哎，看来秘密保不住了，他心想。

　　佩顿先生沿着布满车辙的道路前进，他们还没有驶过这一段路程。汽车蜿蜒穿过树林深处，十分钟后，又从克雷斯顿高速公路的另一个地点驶出。

　　其他汽车从他们身旁疾驶而过，波西亚和朱利安看到乘客们都目瞪口呆，车上的孩子们也呆若木鸡，从后窗转过头来看着他们。"弄一匹马来！"一个乘车路过的男孩大喊。

　　佩顿先生满面春光。"我喜欢人们大惊小怪的样子，"他承认道，"这辆汽车总是引起人们的注意。"

　　他们也都喜欢看人大惊小怪的样子，但朱利安无法想象，当他母亲看到他们回来时，脸上会流露出什么样的神情。幸好他们到家时，她并不在家。为了让孩子不乱折腾，她带着小男孩们去看电影了。没有人迎接他们，只有凯蒂在地下室汪汪大叫。

　　"好，下次，下次吧！"佩顿先生坐在机器上大喊。他优雅地举起宽边帽，汽车在威严的颤抖声中离开了。

　　"你知道不知道，朱尔？"当他们走入屋内时，波西亚说，"如果佩顿先生知道他自己是个秘密人物，也许会不高兴，也许我们应该告诉——"

　　"哦，不要，暂时不要！我们回家时，没有人在家，我觉得这好像就是一种迹象，似乎我们应该为他保密——"

　　"我不确定是不是应该这样做。"波西亚含糊地说。

　　这时候，他们听到了雨中的跑步声，希尔达婶婶和小男孩们冲进屋来。

　　"老天！"希尔达婶婶大叫道，"你们到底从哪里夹带了这么多泥巴回来？还有，什么气味这么浓？"

　　"气味？"朱利安一头雾水，"你说的是什么气味？"

"就是擦了一些驱蚊剂，希尔达婶婶，"波西亚匆匆说了实话，她跑向楼梯，"快点，朱尔，我们最好洗一洗！"他们跑进大厅后，她悄悄告诉他："以后我们每次回家前，都得把驱蚊剂洗干净。如果你还把消失的湖当作秘密，我是说——"

"我是把它当作秘密。"朱利安坚定地说。

雨后第二天，整个世界风清气爽。到处湿漉漉的，每片树叶都闪闪发光。牡丹的花瓣在暴雨中掉落，但玫瑰依然姹紫嫣红。

波西亚和朱利安吃完早餐后就出发了，他们带了午餐，朱利安还从冷冻冰箱里拿了一磅黄油。

"送给他们的礼物。"他对波西亚说。

他们还借来了一罐地板蜡和一瓶清洁剂，平时用的装备、这些额外的物品和餐篮压得他们气喘吁吁。他们迈着沉重的步伐，走在树木茂盛的林中小路上，谈着将来的打算。（他们从马车道旁的灌木丛中抄捷径。）

"我们真的应该粉刷墙壁，"朱利安说，"但是得等一等，我们需要其他人的帮助。"

"我们一过去就擦窗户，挂窗帘。"

"你和奇弗太太！女人和窗帘！"朱利安亲切地说。

经过雨水的冲洗，沼泽里的芦苇看起来绿油油的。他们看到佩顿先生慢条斯理地待在蜂巢边，附近的小山羊活蹦乱跳，母鸡在太阳下昂首阔步。马厩外面，经历大雨洗礼的汽车正在晒着日光浴，它的黄铜配件照得人眼花缭乱。波西亚和朱利安对眼前看到的一切兴奋不已。

"幸好我们趁早过来了，"波西亚说，"佩顿先生头上戴的是什么？"

"我认为是面网。"

"早上好，早上好！"佩顿先生向走过来的他们打着招呼，"我在照看我的高加索。"

"您的什么？"朱利安问，然后又想起来加上"先生"二字。

"我的高加索蜂，它们很温和。意大利蜂放在最远的蜂巢里，不能指望它们，拉丁脾气。"

佩顿先生头上戴着网笼，他的胡子在笼中闪着冷光，他就像一位魔术师。当他打开蜂蜜箱的边框时，高加索蜂爬上他的手臂和肩膀，沿着他的帽子边缘缓缓地移动。

波西亚退却了。"它们不蜇您吗？"

"偶尔会有一只心不在焉的蜜蜂会蜇人，通常是意大利蜂，"佩顿先生回答，他向意大利蜂巢投去严峻的一瞥，"我稍后回来，孩子们，我们中餐可以吃一盒蜂蜜。"

"好的，这里还有一些黄油，"朱利安说，"我把它放到你厨房。"

"作为礼物。"波西亚解释。

"好啊，哎呀，真开心！我姐姐也会很高兴，谢谢，太感谢了！你们现在去俱乐部吗？"

"我们今天去布置一下。"

"好极了，如果需要帮忙，可以随时叫我。"

他们像云雀一样蹦蹦跳跳，沿着杂草丛生的小路去贝尔梅尔了。

阁楼上阳光明媚。波西亚推开一扇窗户，它犹如一片纸掉了下去。"等一下，我去找些支架来。"朱利安说着跑下楼梯。不一会儿，他拿着五根木棍回来了，可供每扇窗户一根。

波西亚使出吃奶的力气擦着玻璃。朱利安趴在地上，使劲地擦着木地板。要是父母看到了他们，准会大吃一惊。沼泽地里的甜美气味与浓烈的地板蜡、肥皂、驱蚊剂气味掺杂在一起，从打开的窗户飘了出去。（奇弗太太周全地为俱乐部成员提供了一瓶驱蚊剂。）

最后一块地面清理干净后，他们回去大房子搬家具。把这些东西搬到楼上可是一件苦差事，他们累得汗流浃背。经过一系列的争执与辩论，所有家具终于摆放就位，一切看起来非常完美。

"朱尔，这里将超级漂亮！"波西亚神气地说。

"会很漂亮的，就差我把驼鹿搬上来了！"

"就差我把窗帘挂起来了！"波西亚说。

他们小心翼翼地把驼鹿头搬到屋外清理，朱利安先取下硬如茶杯的知更鸟巢，把它放在一个树杈上。"明年，也许会有一些知更鸟高兴地住进这个人工鸟巢。"他说。

他们扫着驼鹿，扬起一团团灰尘和干枯的蛾翅，还有许多鹿毛，虽然光秃了一点，但是更洁净、更漂亮了。朱利安用一些地板蜡擦亮了它的角，波西亚用清洁剂清洗了它的眼珠，最后驼鹿被挂到阁楼的北墙，位于塔克汤家孩子成长标志的上方。

"它看起来很美观，"波西亚说，"让屋子有一种高雅的气质。"

"无与伦比！"朱利安赞同地说，他对这个形容词情有独钟。

红色的窗帘挂起来了，红色的小地毯铺开了，桌椅都摆放得井然有序，压住了地毯上被飞蛾严重蛀坏的部分。阁楼已经变成一个舒适的房间，欢快、宽敞又明亮。波西亚端着一个盥洗盆跑下楼梯，盆里盛着从奇弗太太家抽上来的水，她将一大束带刺的玫瑰放进盆中。然后，她小心翼翼地走上贝尔梅尔的楼梯，将盥洗盆放在阁楼的一张桌子上。阁楼上共有两张桌子，这盆玫瑰是俱乐部的最后装饰。

"这是世界上最漂亮的房间！"她对朱利安说。

他们余热未消，仍在阁楼上踱着步，这里停一停，那里瞅一瞅，从不同的角度欣赏自己的杰作，洋洋得意地互相庆祝。

"也许把摇杆放在桌子旁边会更好看。"

"我觉得小地毯应该向左挪一挪，有一点歪。"

"我认为我们不应该刷掉成长标志，你说呢？"

"哦，不用！留着吧，它们属于这里的！"

"但是我们应该在墙上挂一幅画。"

"但是不要比乌拉！"

"不要，要挂更合适的画。"

他们不停地谈论着，好像两个大人在讨论新买的房子。由于太投入，直到朱利安的肚子开始咕噜咕噜地叫起来，他们才意识到自己已经饥肠辘辘。

"我觉得我们最好不要在这里吃午餐，你说呢？"

"是的，我们不要把地面弄脏了！"

中午时分，他们倚靠在南边窗户的窗台上，向外观望了一会儿。奇弗太太正在沼泽园里劳作，她铃状的帽子在芦苇中上蹿下跳，沿着芦苇的顶部若隐若现，仿佛一只小动物。佩顿先生仍然戴着蜂帽，正在给他姐姐喂鸡。他掀开面前的帽网，披到肩上，看起来就像一个外籍士兵。他一筛谷子，母鸡就咯咯地叫着，摇摆着跑过来。

波西亚叹息道："你知道吗，朱尔？"

"什么？"

"我希望——"

"你希望什么？"

"我希望他们没有那么——我希望他们更年轻。"

朱利安吃了一惊。"他们不会死的。"他说。

"每个人老了都会死。"

"他们还不算老。听着，他们在健康地生活呢！"他似乎很生气，"他们是健康的人。他们还会活很多很多年！"

"你确定？"

"当然确定！"

波西亚感到舒心极了。他们倚靠在那里，望着芦苇中铃状的帽子和鸡群里佩顿先生的面网。

就在他们想到佩顿先生的时候，他突然站直了身子，抬头看着窗户边的他们。

"怎么了，哲学家？"他挥着筛子问他们，"出来晒晒太阳，出来跟我说说话！我受够了这群母鸡！"

朱利安和波西亚冲下楼梯，贝尔梅尔的天花板上震落了更多的泥灰。

九、囊咽鱼

七月快过完了，虎皮百合开得到处都是，在消失的湖边荒废的庭院里，一朵朵山茱萸花披着蓝色的面纱，上面缀满了白色和黄色的蝴蝶，闪闪发光。

波西亚和朱利安几乎每天都去消失的湖，对他们而言，这里从不缺乏魅力。他们玩得很尽兴，以至于招募俱乐部会员的想法一次次地推迟。"哦，还有大把时间，"朱利安说，"我们可以再保密一段时间。"波西亚也这么认为。

至于新朋友，他们见面次数越多，感情自然越深。现在，他们不再称呼"奇弗太太""佩顿先生"，而是"明尼哈哈婶婶""品达叔叔"。（"我们当然不会称呼您明尼婶婶！"波西亚向奇弗太太保证。）日子就这样快乐而忙碌地过去了，孩子们每天起床后的第一件事，就是想到消失的湖。在家里闭口不谈不容易，但是他们尽量保持沉默。

有一天，吃中餐的时候，福斯特一边喝着牛奶，一边目不转睛地看着朱利安，然后放下奶瓶说："你和波西亚经常去哪里？"

"啊？你问这话是什么意思？"朱利安慢悠悠地给面包涂上黄油，同时从桌子下踢了波西亚一脚。

"我看到你们了。几乎每天，我看到你们出去，而且是走向同一个方向，就在那边，你们去了哪里？"

"没去哪里，真的，这不重要。"朱利安气呼呼地回答，他双手扣在一起，"没去哪里，只是走一走。"

"我不相信，你们去了什么地方，我想知道。"

"你不会感兴趣的，为什么不去找大卫玩呢？他这一整天都去哪儿了？"

"他病了，吃错了东西。"

"哦，那么就去跟小狗玩啊！去工厂做点东西，画一艘火箭船，找点事做。"

"我什么也不想做，我想跟你们一起玩。"

"我还不太确定我们会去哪里。"朱利安说，他的双手依然紧扣在一起。

他们把福斯特搪塞过去，这是件容易的事，因为他年龄要小得多，但波西亚感到一阵内疚。

"你是否觉得，我们应该让他加入俱乐部，朱尔？这样欺骗他，我感到有点对不起。"

"他太小了，你六岁的时候，也不会保守秘密啊！"

"福斯特可以，他真的可以。有一次，我从窗台上掉了下去，他从没告诉任何人。我们给母亲买的圣诞礼物，他也从来没有预先告诉她——"

"但是，如果我们让福斯特加入，大卫也得加入。你知道会有什么结果：'砰，砰，嗬，噗！发射！'吵死了！"

"你就像人家的老祖父一样，你年前的时候也这样大呼小叫啊，朱尔。"

"无所谓，毕竟我是这家俱乐部的主席，如果我说——"

"哦，是吗，是吗？没人告诉我，那么我是什么？"

"嗯，你可以做秘书。"

"不，不行！我不想做呆头呆脑的秘书！"

"好吧，好吧，那么你也做主席。天哪，我们是联合主席，终于和平了！"朱利安大声说道。"女孩啊！"他又颇有男子汉气概地吼道。

"男孩子要差成千上万倍！"波西亚反驳，"有时候，我讨厌所有的男孩子。"当他们争吵着走上马车道时，福斯特已经被他们完全忘记了。

但是他没有忘记他们。当福斯特有了警惕心理时，要甩掉他并不容易。今天他非常警觉，实际上，他一直跟踪在他们后面。他小心地与他们保持着距离，他没有走高速公路，而是沿着公路侧边，在草丛和灌木丛中行走。他偶尔会停下脚步，一动不动地站在树影后。（其实没有必要，因为他们从不回头。）然后，他自言自语道："放心，孩子，当心点，别让他们看见你！"接着又继续悄悄前行。他和大卫曾玩过躲避隐身外星人的游戏，这为他提供了很好的经验。最后，站在一棵山核桃树下，他看见姐姐与表哥转变了方向，消失在一片庞大的榛树林中。就在他们失去踪影的地方，他看到有东西挂在树上，等他赶上来时，发现是一只破旧的袜子，系在树枝上。他小心地等待，直到争吵声渐行渐远，然后才冲入树林。他一进去才发现，原来自己站在林中一条杂草丛生的小路的起点。在小路的中心，杂草被人为地压倒了，他知道这条小路是谁走出来的。

"他们骗不了你，小子。"他对自己窃窃私语，然后走上斜坡。他为自己的聪明洋洋自得，虽然看不到波西亚和朱利安，也听不到他们的声音，但是只要沿着小路走，他就没有什么可担心的。他确信在路的尽头，一定可以找到他们。

夕阳的余晖把树枝和灌木照得斑驳陆离。一只猫鹊在树上咯吱咯吱地叫着，不知哪里还有一只啄木鸟咚咚地啄着树。福斯特上个星期刚学会吹口哨，现在他吹口哨的声音也不怎么响（当然他也不可能吹得太响）。不过，他对自己的技能颇感满意。事实上，他对各方面都感到满意，但是他不知道，如果他姐姐和表哥发现他像侦探一样跟踪他们，他们会怎么批评他。

"也许我不应该让他们看见我，"他谨慎地决定，"我只是悄悄地盯住他们，看他们去哪里。我猜我能这么做。"

他停下脚步，捡起一块石头仔细地瞅着，仿佛石头里有金子。走了一会儿又停下来，尝了一些黑莓（太酸），摘下一朵伞菌，瞅瞅它的红褶，敲开一粒榛子（未熟），然后又仔细地观察着一只油光发亮的黑色甲壳虫，它的角仿佛一头小牛。突然他想起了自己的任务，又开始匆匆赶路。

"原来那里就是他们去的地方。"几分钟后，他透过树叶，看着山下随风起伏的一大片芦苇，喃喃地说道。芦苇丛正中有一座小岛，岛上绿树成荫，迎风摇曳。最奇怪的是一排排的房子，矗立在小岛和沼泽的远端，仿佛破旧的大城堡。

福斯特看到远处的波西亚和朱利安宛如虾蟆，跑上一幢房子的台阶，然后从窗户里爬了进去……现在又来了一个人，穿着长裙，从最右边的房子出来，走下台阶。最左边也有一个人，慢悠悠地走在菜园里。这两幢房子附近的草地上，一只只白色的母鸡好像盐粒。

"这些人是谁？"福斯特大声地问，"这是什么地方？"

他爬下小山坡，不时地躲躲闪闪着，尽管没有人看到他。走近沼泽的时候，他似乎听到了波西亚和朱利安在房子里谈话，但他不能确定是不是他们。芦苇丛中，时断时续的啸啸风声压住了其他一切声音。芦苇非常高，当福斯特走到芦苇丛旁时，发现芦苇比他的个子还高。他看准了方向，毅然走进芦苇丛中。他他想抄近路，直接穿过沼泽去小岛上探个究竟。

他不停地往前走，温水渗透了他的运动鞋，他却感到非常舒服。画眉在他头顶的天空吱吱地大叫，一只喙如长矛的大鸟飞起来，发出吓人的呱呱声，福斯特也和这只鸟一样吓了一跳。

到达小岛的时间比他预计的长多了。"也许我有点迷路，"他理性地安慰自己，"还好迷路得不严重。"他并不是很担心，他喜欢沼泽，在行走的时候，他看到了几只乌龟、两条黑蛇，还有他见过的最大的牛蛙。他细心地观察周围的一切，天边巨大的乌云缓缓集中起来，他也没有留意到。

他穿梭于哗哗作响的芦苇中，吹着口哨，自言自语，忙得不亦乐乎。闻到松针的淡香后，他终于意识到，快到小岛了。他又走了片刻，小岛终于展现在他面前。

就在他到达小岛时，乌云遮住了太阳，整个世界失去了光彩。空中传来隆隆的声音，轻拂芦苇的风突然来得猛烈了。"哎呀，我现在来不及掉头回到原来的地方了！"福斯特不慌不忙地说，但他还是小跑着穿过荆棘丛生的密林。好香的气味！他脚下的松针密密麻麻，好像踩在被子上。

福斯特知道岛上有他想找的东西，但是他也搞不清到底要找什么。当他看到一幢房子时，吃了一惊。

房子就矗立在茂密的绿树下，这是一幢红顶的灰色小石房。被风吹来的松针堆积在门边，百叶窗关得紧紧的。福斯特猜测没有人住在这里，但是他不确定，此时此刻，他非常懊悔来到小岛。他衷心希望管好自己就行了，要是现在在家里逗着小狗，

逛逛菜园，吃点东西，那该多好啊！树荫下的小房子看起来有些阴郁，好像巫婆之家静静地耸立在那里。风似乎屏住了呼吸，世上万物似乎也屏住了呼吸，福斯特也一样……

轰隆隆！他从来没有听到过如此巨大的雷声！天空犹如裂成了两半！福斯特心惊胆战，他听到雷声过后，风又呼呼地刮起来，树木突然东倒西歪，树枝刮擦着屋顶。狂风渐渐消停后，大雨倾盆而下，紧接着，疯狂的闪电划过天空，仿佛一道激光。

福斯特冲到门边，用拳头敲着门。"请让我进屋，请让我进屋！"正如他所料，没有人应答他。他犹豫了一会儿，不知道自己到底害怕什么，是待在屋外的暴风雨中还是进入黑暗的房子呢？但是一道闪电让他下定了决心。他转动着锈迹斑斑的门把手，使劲全力推门，终于把门打开了，他冲入屋子。

房子里一片漆黑，他站在门口又犹豫了一阵子。又一道闪电划过天空，他赶紧砰地关上门，背靠在门上，悄悄地哭起来。他非常害怕，借着闪电穿过百叶窗的短暂光亮，他看到了房子里的模样，这儿的情况不太好。他对面是一个壁炉，壁炉左边还有道紧闭的门。房子里空空如也，一件家具都没有。房间很小，尖尖的屋顶和屋椽，散发着一股松针味和霉味。屋顶的雨声哗哗作响，偶尔还发出巨大的沙沙声，把他吓坏了，稍后他才意识到这是树枝刮擦着屋顶。树枝也刮擦着百叶窗，在窗户玻璃上发出吱吱的声音。雨水沿着烟囱流下来,在壁炉里滴答滴答地响着。

然而，那是什么？他的眼睛慢慢适应了黑暗，看到壁炉口里有两个东西正目不转睛地盯着他，它们有眼睛！是什么呢？福斯特慌忙拉开门，准备逃跑，但是一道闪电让他看清了那两个东西，它们只不过是两个外观像猫头鹰的铁制柴架。它们伫立在那里，爪子上盖着松针，神情严肃地向外望。虽然它们并不危险，但也不友善。福斯特又关上门，无助地哭了起来。

过了一会儿，他发现没有东西向他扑来，可能也不会被闪电击中，他渐渐停止了哭泣，偶尔打上一两个小嗝。他用袖子抹着眼睛和鼻子，发现门上有一个钩子，他抓住钩子，进入房间。

天空的雷声犹如滚滚岩石，闪电在每个透光口外闪耀，每一道闪电都让福斯特心惊肉跳。

"我不喜欢闪电，"他对着房间说，"我也不喜欢打雷或外形像猫头鹰的东西。"

他不再像之前那样害怕，直挺挺地站在房间中心，仔细地倾听着雷雨声，似乎这样做可以免除雷电的威胁。过了很长时间（他不知道到底有多长），隆隆的雷声渐行渐远，但还没有完全消失。又一个巨大的响雷之后，终于渐渐平息了。福斯特顿时振作起来，他挠着身上十来处被蚊子叮过的地方，这都是穿过沼泽时留下的。

他打开一扇又一扇窗户，希望能透进一点光来。但是所有窗户都卡得紧紧的，他只好打开大门。潮湿的松针被吹进屋子，空气中似乎还残留着闪电奇怪的味道。

现在他可以更好地看清自己的处境了。蓝色的墙上布满了污迹，仿佛古老地图上的一块块大陆。从猫头鹰形柴架里散落的松针飘到屋子里，堆积在角落。福斯特望着壁炉边的门。

"我该去看看那是什么东西吗？"他大声说，接着又说，"你当然要去看看！"他面不改色，迈着沉重的步子，咚咚地走过去推开门，勇敢得像一头狮子。

这个房间比刚才那一个更明亮，百叶窗已经从铰链上脱落，他发现这里以前是厨房。房里有一些煤球，已经生出橘黄色的锈迹。煤堆上放着一个有缺口的搪瓷铁水壶，福斯特打开盖子一看，里面只有一抹锈斑和一些干枯的飞蛾。他又看了看灶台，除了一些变成炭的老馅饼渣，什么也没有。窗户边放着一张方桌，桌上放着一个插了蜡烛的瓷杯，经过多个夏天的高温炙烤，蜡烛已融化成两截。瓷杯里也有干枯的飞蛾，玻璃上七零八落的蜘蛛网上，还粘有更多的飞蛾。

桌子上落上了一层厚厚的灰尘，福斯特看到有人在桌上刻了字。他用手掌擦去灰尘，又在牛仔裤上擦着手，读着那几个字母：T-A-R-Q-U-I-N。

"这是名字还是其他什么意思？"福斯特说。无论这是什么，他都不知道怎么发音。

屋子里没有多少可以翻看的东西了，还有一个生锈的老水槽和一个生锈的旧水泵。他按压水泵的把手，只听到一阵空荡荡的咕咕声。

但是他喜欢这幢房子，这两个小房间。"大小正合我意，"他说，"刚好够我和大卫用。"他也感到非常自豪与能干。他发现了一座小岛，发现了一幢房子，比他的表哥和姐姐还聪明。更重要的是，他独自经历了一场狂风暴雨，任何人（甚至包括波西亚）都没有帮助他。

他看够了房子里的一切，便走到户外，围着房子兜兜转转。房外有一间破旧的茅舍和一间破旧的外屋，里面除了苔藓和蘑菇外一无所有。尖尖的树枝碰上他，树上的雨水淋了他的一身，大个儿的蚊子发现了猎物，欢天喜地地向他飞来。

"啊呀！我要离开这里！"福斯特又拍又打地大叫，但他得先关上房门。"再见，房子，我很快就会回来。"他如是说，仿佛这幢为他遮风挡雨的房子就是他自己的。

经历了那场狂风暴雨中的恐惧后，他已经不再害怕面对波西亚和朱利安的反应了。他甚至感觉，世界上已经没有再令他害怕的东西了。

"好了，我去告诉他们，"他坚定地说，"走过那片地，等我到了那片老房子，就告诉他们我经历的事情。"

他穿过湿漉漉的树丛，头上落满了松针，来到小岛的外围。站在这里，他能看到沼泽远处的那些老房子。芦苇在傍晚的阳光下金光闪闪，远处的天空时不时传来一两阵小小的雷声。

福斯特往下走入芦苇丛中，红翼画眉又开始叫唤起来了。他浑身湿透，又痛又痒，但是他没有太在意。空气凉爽，他脚下的苔藓软绵绵的，他有一种良好的成就感。

他行走在高高的芦苇中，再也看不到那些房子，但是他觉得他能听到母鸡的咯咯叫声，于是朝声音方向走去。尽管他停下来倾听，却没有再听到波西亚和朱利安的声音。他根本不可能知道，就在雨停后，他们即刻回家了。

芦苇渐渐地稀疏了，他感觉离一排排的房子一定很近了，然而面对他的却是一大片沼泽，更远处又是一片芦苇。

"我会到达那里的。"他望着一只蓝色的蜻蜓说。它飞一下，会在空中停一会儿，接着又往前飞，仿佛在给他引路。

当他脚下的沼泽开始摇晃的时候，他大吃了一惊。刚开始，他还比较警惕，但发现相当安全后，他反而高兴起来，甚至在摇摆的地面上跳起来。这比在床上蹦跳开心多了，没有人叫他停下来。待他跳腻了，又开始赶路。

纠缠不休的蚊子让他疲惫不堪。他知道太晚了，忙碌了一天的燕子正在往回飞，一路上叽叽喳喳地叫着。他脚下的沼泽不再摇晃，但是他来到了一块泥泞不堪的地方，一个个小土墩上长满了乱七八糟的杂草。"我猜我可以从这个小土墩跳到那个小土墩上。"福斯特心想。虽然疲惫，但他仍像蟋蟀一样灵敏，轻轻一跃就跳过去了。他每跳一次，就停一下，以获得身体平衡，为下一跳作准备。

跳了一阵子，他来到一个土墩，他知道，只有袋鼠才跳得过这个坎。他站在一个小小的土坡上，看着青草稀疏的泥地，也许泥浆并不深吧。

"我得跳快点。"他说着从土墩上跳了过去。

但是泥浆很深，慢慢淹没了他的运动鞋，并向鞋内渗透。他每走一步，都似乎是在拔大瓶塞。泥浆越来越深了，他该往回走吗？他看着肩膀左思右想。然而，就在他思量的时候，他陷得更深了，使出吃奶的力气才拔出一只脚来，然后再拔出另一只脚。蚊子在他耳边嗡嗡地叫着，他不得不加快脚步。下一个小土墩几乎触手可及，他发现土墩上有一朵深红色的花儿，叶子犹如小喇叭。

在他看到花儿后又走了两步，然后就突然陷了下去。他的大腿、身子仿佛陷入浓稠的巧克力布丁中。他往前冲过去，抓住了深红色花儿的茎，滑溜溜的，他只好又去抓土墩上的粗草。小土墩在轻轻地晃动，他不敢用力抓太紧，尽管泥浆还在不停地将他往下拉。

黑脉金斑蝶在他头顶的空中翩翩起舞，燕子和画眉引吭高歌。谁也不知道，谁也不在意，他此刻麻烦缠身，蚊子或许会感到很开心吧。

他抓住摇摇晃晃的土块，所有的花儿都在颤抖，他像平时玩耍时一样大声叫喊。

"救命！救救我！救命！"

十、泄露的秘密

　　这个下午对波西亚和朱利安来说并不顺心。他们一而再、再而三地争吵，其中的争吵话题之一便是那幅画。

　　最后一次来访时，奇弗太太给了他们这幅画。他们都喜欢她客厅墙上的这幅画，她坚持取下它，送给他们的俱乐部。这真是一幅漂亮的图画，它似乎能让你迷失自己。画中描绘的是一幅雾景，一条河穿过若隐若现的悬崖，远处的河边，一小堆印第安人的篝火在燃烧。你似乎可以闻到河边的雾气和烟火味，听到树叶上的滴水的声音。波西亚很想移去驼鹿，换上这幅画，但是朱利安不同意。

　　"但是，朱尔，可以把它挂到对面的墙上。"

　　"它在那里挺好的，我们把画挂这里。"

　　"不行，太高了。"

　　"我们可以把它挂在下面。"

　　"哦，那太低了，你知道，不好看的。"

　　"那么，把它用绳子系起来，挂到天花板上吧，我们的头也许会碰上它，要不就把它放在地上，随你自己吧。"

　　"你这么说让我感觉好累，朱利安·贾曼。"

　　最后，他们将它挂在西墙，位于两个采光窗之间。这幅画大了一点，边缘盖住了墙角，但看起来确实漂亮。

接下来，他们为该做什么争论不休。朱利安突发奇想，想看看是否可以找到一条去叽叽岛的路，以便去岛上探索，波西亚却害怕那片叫囊咽鱼的泥潭。

"无论如何，你知道他们不希望我们去，他们会担心的。"

"我们偷偷地溜去，不要跟任何人提起，这样他们就无须担心了。就算你退缩了，我一个人也敢去……"

"我没有退缩！我只是担心，万一我们掉进泥潭了呢？"

"我可以先去探探路。"

"你总是走在前面，我已经司空见惯了。"

"如果我发现地面变软了，我会止步的。要是我掉下泥潭，你拉我上来。"

"哦，好吧！但更可能的情况是你把我们都拉下去……"

当隆隆的雷声响起来时，他们还在争论不休。

"现在看看你做了什么。"朱利安有些不理智地说道。

"难道是我召来的雷？我能呼风唤雨吗？"

"不是，如果我们不在这里浪费时间争来争去，也许我们现在已经到那里了。"

"赶上那座傻岛上的雷雨还是掉进囊咽鱼泥潭里？算了吧，谢谢！"

"哦，胡说八道！"

电闪雷鸣，风雨交加。波西亚想拉上窗帘，但朱利安说她是胆小鬼，他大摇大摆地走到窗户边，看着闪电划过天空，看着暴风骤雨，一副无所畏惧的样子。

我们的俱乐部还需要一名成员，朱利安心想。波西亚蜷缩在烟囱边，她心想：我们的俱乐部还需要一名女孩。

屋顶有七处漏水。过了一会儿，波西亚壮起胆子，将屋里所有的洗手盆和罐子放到漏水最严重的地方，其他的漏水处只好顺其自然。叮咚，叮咚，雨水滴落在陶瓷盆罐里。朱利安站在窗户边，他心想，每次闪电划过，沼泽地看起来都有些可怕，所有的树木也都花容失色。

在这场风雨中，所有人都无心离开贝尔梅尔，包括坚定的朱利安。虽然他们都渴望回到奇弗太太舒适的厨房。

风雨过后，他们拖了地板，倒掉盆罐里的水，试着弄干了小地毯，便踏上了归途。

他们先跟奇弗太太告别，她正在忙着做果酱。她与他们说话时和蔼可亲，却有些心不在焉。当他们到达佩顿先生家时，他正在拖着阁楼地板上的水渍，透过窗户与他们打着招呼。他说话的语气也同样和蔼而茫然。

"明天会更好，哲学家们！"

"希望如此，先生，再见！"

"再见，再见！"佩顿先生拧着拖把，离开了窗户。

他们缓缓地走上马车道，波西亚和朱利安被先前的争吵和雷电折磨得无精打采，路旁的树木耷拉着潮湿的枝叶。这次的回家之路，似乎比平时远了一倍。

家里的情况也与他们想象的不一样。"福斯特在哪呢？"希尔达婶婶穿过草地问他们。

"福斯特？他没跟我们在一起。"朱利安说。

"你们出发的时候，他也出去了。哦，亲爱的，他去哪里了呢？"

"也许他去找大卫玩了。大卫跟他一直都形影不离。"

"但我问了盖森太太，他不在她家。朱利安，你得去找找他，去树林里。"

"天哪，我好累。"

"忘记你的劳累，"希尔达婶婶说，波西亚感觉她的语气比平时更坚定，"你去房子后的山坡，我沿小河寻找。叫他的名字，朱利安，大声喊，他才能听到你——"

"我去路边找找。"波西亚说。她也开始担心起来，后悔欺骗了福斯特。我真的很爱他，她心想。哦，为什么我们不带他一起走呢？

佩顿·品达先生拖完阁楼的地板后，提着几个胡萝卜来喂山羊。他走上去姐姐家的路，想看看她近况如何。她不怎么在乎风雨，他知道，尽管他本人喜欢这样的天气。他发现她正在厨房里做覆盆子果酱，忙得不亦乐乎，丝毫没有觉察到他的到来。

"谢天谢地，我今天早上采摘的，"她说，"熟透了，差点被暴风雨给毁了。"

"德兰尼浆果还是沃格哈特浆果？"

"沃格哈特浆果，我上周做了德兰尼果酱，它们总是先熟。"

厨房里香香甜甜的，奇弗太太是个勤勉的人，总是将一切打理得井然有序。厨房里还新增了几种装饰品：油灯移到了餐室，架子上放满了贝尔·塔克汤小朋友的旧玩偶。"嗯，我只是不想把它们放在阴暗的地方。"看到弟弟惊叹不已，奇弗太太如是说。玩偶也都换上了新衣服，尽管衣服明显过时了，但头发掉落的玩偶戴上了鲜艳的帽子和头巾。

佩顿先生进入一间名曰"图书室"的房间，回来时拿着一张古老的报纸。他在自己的专用椅子上坐下来，嘴里叼着烟斗，手里拿着一杯果汁，他姐姐在炉边忙个不停。墙上的挂钟嘀嗒地响着，佩顿先生时不时地告诉姐姐，他在报纸上读到的消息。

"1900 年 7 月 29 日，在马萨诸塞州海登红十字会，一个新生男孩长了五颗牙齿。"

"我告诉你，"奇弗太太淡定地说，"7 月 29 日，就是今天，对不对？"

"嗯，明尼，你知道我总喜欢读同一个日期的报纸，哪一年不重要。"

"不，我不这么想。"奇弗太太将深红的果酱倒入热乎乎的果冻杯里。

"意大利的国王也是这一天被刺杀的，我忘记了。"

"嗯嗯，可怜啊，"奇弗太太说，"看看，品达，这个颜色是不是很漂亮？"

"就像宝山上的红宝石。"他弟弟回答。两人都沉默了一会儿，佩顿先生接着说："这里有一篇文章，明尼，你知道吗？1900 年的时候，买一件海豹皮大衣只需——"

"等一下，品达，你听！"

"怎么了？"佩顿先生放低报纸，他姐姐呆呆地站在那里，举起一只手，以示注意。

"你听！"

"天哪，有一个孩子！"

"救命，救命！"微弱的声音传过来，他们感觉到了恐惧。

佩顿先生放下报纸，向门口跑去。"等一下，明尼！你的晾衣竿在哪里？"

"当然放在晾衣绳旁。哦，品达，是不是有人陷进囊咽鱼了？"

"不知道，好像是的。"佩顿先生立刻出发了，奇弗太太紧随其后。她长长的裙子拖在杂草上，很快就被远远地甩在了后面。

"坚持一下，你到底是谁？"佩顿先生大喊，"我们来了，坚持住！"

"好的，"颤抖的声音乖乖地说，"请快点。"

当佩顿先生冲出芦苇丛时，福斯特心想，这是不是圣诞老人亲自过来救他了？他从未见过胡子白花花的人。

"现在放心，孩子，我就在这里，看到了吗？我不能再往前走了，我把这根晾衣竿递给你，抓住它，抓紧了，孩子，我拉你上来，不要放手。"

"好吧，"福斯特颤抖地说，"我有点害怕。"

"没事，不用怕！抓紧了，就这样，我们马上拉你上来。"

福斯特很快就被拉上结实的地面，他黑乎乎的，就像柏油

娃娃似的。

"哦，品达，可怜的小家伙！直接带他回家吧。"

对福斯特来说，刚刚赶到的这个女人似乎有些古怪，长长的裙子有着奇形怪状的袖子，她头顶的红色天鹅绒蝴蝶结在颤颤发抖。"你叫什么名字，孩子？"

"我叫福斯——我叫福斯特·布莱克。"他说，他的牙齿在打战。佩顿先生脱下夹克，披在他身上。

"会把衣服弄脏的。"

"呵呵，弄脏了也没关系，抓住我的手，孩子，我们很快就到家了。"

"福斯特·布莱克，"奇弗太太重复了几遍，她气喘吁吁地跟在他们身后，"那么你是波西亚的弟弟，对吗？"

"是的，您认识她吗？"

"哦，很熟，我们是明尼哈哈婶婶和品达叔叔，他们跟你提起过我们，我知道。"

"没有，他们从来没有。"

"他们没有？"

"没有，我想知道他们每天都去哪里。他们不肯告诉我，于是我跟踪他们，就跟到这里来了。"

"哎呀！"奇弗太太若有所思地说，"品达，你是否觉得，

他们从没向任何人提起过我们？”

"是这样的，那两个淘气鬼为什么不带上这个孩子呢？"

"我猜测，要是他们现在见到我，一定会生气的。"

"他们现在见不到你，他们已经回家了。就算见到你，我想他们也不会生气。"奇弗太太确切地说。

在奇弗太太家，福斯特痛痛快快地在木澡盆里洗了个澡。佩顿先生说，尽管楼上有个澡盆，但是排水管坏了五十二年了。福斯特连续洗了两次澡，洗一次还不够。

"看看，这是给你换穿的衣服，"佩顿先生敲着门说，"这是我们的兄弟莱克斯小时候的衣服。大房子有一箱满满的小孩子衣服，没有人知道为什么。你可以穿这些衣服回家。"

福斯特一点也不喜欢这些衣服，但是他自己的衣服弄脏了，只好不情愿地穿上这些奇怪的衣服。他先穿的是一套奇怪的内衣裤，长长的衣袖和裤脚，内衣前幅是一排硬邦邦的骨钮。接着穿的是一件吊带背心，还有一双黑色螺纹长袜（是的！长袜！）。然后穿衬衣，衣领像餐具一样硬硬的，胸前系着毛茸茸的大蝴蝶结。最后穿上外套，短短的裤子令人发痒，闻起来有一股强烈的樟脑味和黑胡椒味。福斯特打了个喷嚏。

他最后穿上奇弗太太的卧室拖鞋，这是一双小码的丝质拖鞋。福斯特看了一眼镜子里的自己，就再也不看了。

"以前的男孩都穿这样的衣服吗？"他来到厨房说。

"你应该看看可怜的女孩穿的是什么，比如法兰绒裙子，"奇弗太太回答，"哦，亲爱的，你现在能吃点东西了吗？"

福斯特说他认为他可以。

他有口福了，奇弗太太自制的新鲜面包和覆盆子果酱——还是热乎乎的，这是他尝过最好吃的食物了。此外，他还喝了一大杯加糖的红茶牛奶。

"我喜欢这个地方，"福斯特说，"这是什么地方？有名字吗？"

于是，他们一一告诉他，从塔里苟到消失的湖的故事。他也讲给他们听，他去了沼泽中间的小岛探险。

"你去了那里？告诉我，那幢房子还在吗？"

"还在，打雷的时候，我就待在房子里。"

"还有屋顶吗？"

"有的，有屋顶和炉灶，壁炉上还有两个东西，外形好像猫头鹰——"

"哦，那个！"奇弗太太感叹道，"天哪，我想起来了！那是布雷斯·吉迪恩太太送给拉夫纳尔太太的，但是拉夫纳尔太太不喜欢它们——"

"布雷斯·吉迪恩太太有着与众不同的天赋，"佩顿先生说，"她似乎总能知晓每个人不想要的东西，然后买来送给他。"

"嗯，我的朋友贝尔小朋友，说服了她的祖母拉夫纳尔太太，把这两只猫头鹰带到叽叽岛上——"

"那是给小岛取的名字。"佩顿先生解释。

"我们很开心，它们看起来太像巫师用的东西了。"

"刚开始我不喜欢它们，"福斯特说，"但是后来又喜欢上了。"

"我们最好现在出发，"佩顿先生说，"你的家人一定很担心，福斯特，我们没有电话。"

"除了收音机，我们这里没有现代的东西。"奇弗太太自豪地说。

"去年十二月，那台收音机已用了十九年了，"她弟弟补充说，"好了，我们出发吧。"

福斯特站起来，奇弗太太将一个平坦的大东西飞快地放到他头上，原来是一顶帽子。帽子下有一根绳子，可以系在下巴上，福斯特一点也不喜欢它，但如果取下帽子，也许会显得不礼貌吧。

奇弗太太自己也戴上一顶奇怪的大帽子，并用丝带系住。

"你跟我们一起去吗，明尼？"佩顿先生吃惊地说。

"是的，这次我也去，"奇弗太太回答，"我不想再成为秘密人物。"

"我刚给杰克叔叔打了电话，他认为我们最好报警。"希尔达婶婶说。她来到走廊，波西亚和朱利安正郁闷地坐在栏杆上。三个人都垂头搭脑，无精打采，他们自然没有发现福斯特的踪迹。"我现在就去报警。"希尔达婶婶说着，向门口走去。

就在这时，他们突然听到一阵嘈杂声。声音越来越近，越来越大，希尔达婶婶转过身来，瞪大了眼睛。

这是她一生中永远不会忘记的景象。一辆古老的汽车好像巨大的昆虫，呜呜地向她家开过来，车上坐着三个人，仿佛来自异域。一位年长的女士戴着面纱，一位老先生蓄着优雅的胡子，一个小男孩头戴蓝色粗边圆帽，她发现那个小男孩正是福斯特。

她跑上去，心里的担忧消失得无影无踪，几个疯狂的设想迅速闪过她的脑海。福斯特是不是迷失在另一个时空了？难道他穿越到从前，现在又回来了？

"嘿，品达叔叔！"朱利安大喊。

"你怎么也来了，明尼哈哈婶婶！"波西亚也大喊。

"你们怎么找到他的？"朱利安问。

"在哪里找到他的？"波西亚问。

希尔达婶婶双手搂着福斯特，看着他们。"你们认识这些人吗？"她满头雾水地问。

"哦，认识，我们都是老熟人了，"老先生回答，他走下汽车，脱下帽子，"就在今天，我们发现，我们的秘密保守得很好。请让我介绍一下，我叫品达·佩顿，这是我姐姐莱昂内尔·奇弗太太，我猜您是贾曼太太吧？"

"是的，我是朱利安的母亲。您好！但是孩子们，为什么？为什么没跟我提起你们的朋友？"

"朱利安说想要保密，"波西亚胆怯地说，然后她又补充道，"不过，我也同意了。"

"我只是想——嗯，你懂的，我只是觉得不说出来更好，更有趣。"朱利安磕磕巴巴地说。

"也许听听我们的想法会更好，"奇弗太太说，"不过没关系，没有造成什么伤害。"

"他救了我的命，"福斯特对佩顿先生点着头说，"我掉进了泥潭——"

"哦，老天！你掉进了泥潭里？"希尔达婶婶喊道，不过她立刻意识到自己失态了，连忙说道，"请进屋坐坐，告诉我们所发生的所有的事。"

"好，请稍等。"奇弗太太边说边优雅地从汽车上下来。

朱利安问福斯特："你真的掉进了囊咽鱼里了？"

"我不知道是什么地方，但是我掉进了泥潭，都是泥浆，我陷下去了，我不喜欢那里。"

"那就是囊咽鱼，好吧！"朱利安说。（男孩子就是奇怪，波西亚心想，他似乎有些羡慕呢。）

房子里，希尔达婶婶匆匆泡了一些茶，然后他们都坐下聊起来。波西亚看到明尼哈哈婶婶环视屋内，欣赏着家具、色彩和墙上的画。除了消失的湖边的房子，她已经很长时间没去过别人家了。

他们绘声绘色地讲述着事情的来龙去脉，正在他们津津乐道的时候，杰克叔叔回到家里，看到停在路上的机器，吓了一大跳。他又看到奇装异服的陌生人和侄儿，顾不上礼貌就脱口而出："这是什么，化装舞会吗？"

"杰克，这位佩顿先生，他救了福斯特的性命。"希尔达婶婶严肃地说。

他们又继续原来的谈话，一边喝茶，一边道谢，突然杰克叔叔转身对佩顿先生说："先生，您想养一只狗吗？"

"抱歉，请再说一遍？"佩顿先生说。

"我们地下室有很多只狗，拳狮犬。你把福斯特从泥潭中救了出来，我们无法表达感激之情，我只是想，也许一只狗……"

"肥仔会不乐意的。"波西亚说。

"肥仔要好好处理这件事情，"佩顿先生驳斥说，"我们想要的就是一只好狗。肥仔可以加入你们俱乐部，成为哲学家。"

"这对猫来说不是什么难事。"奇弗太太说。

然后，他们都走到地下室看小狗，现在每只小狗都取了名字。小母狗叫普伦，四只小公狗叫格利佛、奥赛罗、塔奎因和塔里苟。

"我不知道波西亚是怎么给它们取上这些名字的。"希尔达婶婶说。

"哦，塔里苟，想想吧，品达，我们一定要塔里苟！"奇弗太太欢叫道，"看看它的小褶脸！真是个勇敢的小家伙！"

"它看上去是只了不起的狗，"佩顿先生认可地说，"你觉得它现在可以离开妈妈了吗？"

杰克叔叔说可以，当佩顿先生和他姐姐再次进入汽车的时候，他们有了第三位乘客，胖乎乎的，活泼可爱。

他们相互道别后，佩顿先生发动了汽车，福斯特跑到汽车旁，大声说着话。

"你说什么？"佩顿先生大声问道，他探出身子，侧耳倾听。

"我说，非常感谢您救了我一命！"福斯特说。

"哦，随时效劳！"佩顿先生挂上车挡，"我的荣幸，随时效劳！"

他们站起来，目送着富兰克林威武地驶开。

"除了收音机，他们还有一件现代化的东西，"福斯特说，"他们拿到了牌照。"

希尔达婶婶一手搂着朱利安，一手搂着波西亚说："这么长的时间，你们从不跟我提起这些这么有魅力的人物，太自私了！"

十一、俱乐部成员

"明尼哈哈，"佩顿先生第二天说，"我决定要打败囊咽鱼。"

"怎么打败？"他姐姐问，听到他叫她的全名，她意识到了这个决定的重要性。

"建一座桥，打败它！"佩顿先生说。

"怎么建？"奇弗太太问。

"问题就在这，也许搭一排浮舟，也许搭一排木板，用木桩支撑起来，诸如此类。"

"哦，品达，你会掉进泥潭的！"

"哎，当然不会！"

"要是还有其他的泥潭呢？你不可能每个泥潭上都架桥。"

"如果在一个泥潭上建了桥，人们就会留意了，他们看到警告，就会走人行桥。现在我们已经确定了囊咽鱼的位置，我用晾衣竿做了标记。"

"好吧……不过我还需要一个晾衣竿。"奇弗太太说，她找不到反对的理由。

那天下午，朱利安一个人跑过来。"波西亚正忙着与一个女孩交朋友，"他说，听起来相当介意，"他是大卫·盖森的表姐，叫露西什么来的，她们一整个上午都喋喋不休，好像两只松鼠一样。我就想一个人过来，收集一些东西……"

"不，朱利安先生，我给你一点活儿干，"佩顿先生说，"我想建座小桥，也许你可以帮到我。"

当朱利安听到这个工程是什么，而且还涉及一定程度的风险性和许多泥巴后，立刻变得开心起来。

"我会亲自去叽叽岛看一看！"

建筑材料不成问题。"消失的湖就是一个木材场，"佩顿先生说，"我们去卡斯尔城堡找些好木桩，如果没有，就去洪保德的老房子那看看。"

野生的黄瓜藤上开满了绿白相间的花儿，蔓延在卡斯尔城堡巨大的废墟上。这里也生长着牛蒡、蓟花、冬忍，这片废墟显然就是杂草的沃土。他们扒开杂草，才得以进入。朱利安划破了手指，佩顿先生在一个隐藏的墩柱上擦伤了胫骨。栖息在木材堆里的无数小动物仓皇而逃，甲虫、潮虫、蠼螋、飞蛾、蜘蛛、蚂蚁、蜈蚣，还有一只踮着脚的大盲蛛。朱利安和佩顿先生高兴地翻着房子废墟里的垃圾，将近一个小时后，他们翻出了八根粗大的橡木，适合做木桩。"卡斯尔的走廊柱子，"佩顿先生说，"看看，这个吊床环还扣在上面。哎呀，我想起那个吊床的声音了！它就像野鸡在夏天的晚上咯咯地叫个不停。"

他们收集了一些木板和结实的栏杆，朱利安被一只磕头虫咬了一口。"它们应该不会咬人啊！"他愤怒地说。佩顿先生的外套袖子被钉子划破了。两人身上都粘满了芒刺，佩顿先生的胡子上甚至还粘了几颗。他们拖着疲惫的身子，开心地将找来的木料拉到路边。

"我明天把手推车拉过来，开始动工，"佩顿先生说，"这

些木料暂时够用了。朱利安，我地里有一个西瓜，我听到它在叫我的名字呢，走！"

他们在水泵边冲洗了一番，佩顿先生取下海螺壳，放到嘴边吹起来，静待另一个海螺壳的回音。然后，他将三把椅子放到门口的草地上。

过了一会儿，他们看到奇弗太太沿着小路走了过来。她身穿薰衣草图案的花边长裙，帽子上别着一束三色堇。

"我知道你们叫我过来吃西瓜，于是提前作了准备，"她说着拿出一件雨衣穿上，"我超爱吃西瓜，但是又怕弄脏了衣服，我不想弄脏衣服！"

他们切开西瓜，瓜瓣红如太阳，凉如冰雪。一时间，没有人说话，只听到呱唧呱唧的吃瓜声，还有大黄蜂从上层窗户飞进飞出的嗡嗡声。塔里苟拴在一条长绳上，正在一块骨头上磨着牙齿，肥仔从门柱边用严肃的眼神望着它。

"肥仔似乎不怎么搭理它，是吗？"朱利安说。

"肥仔很大度的，塔里苟还小，对它不礼貌，"佩顿先生说，"来，多吃点西瓜，孩子……"

大家又沉默地吃了一阵子，朱利安说："您知道我在想什么吗，品达叔叔？我觉得我们应该多招募一些会员，帮助我们架桥，还有做其他事情，您觉得怎么样？"

"好主意，"佩顿先生同意了，他用一块旧丝绢擦去胡子上的瓜汁，"我承认，我有点累了。"

奇弗太太收拾了瓜皮，准备去喂山羊。"我也提个建议，"她说，"我觉得让福斯特加入俱乐部挺好的，我是这么想的，毕竟他在囊咽鱼历过险，可怜的孩子！"

"哦，波西亚和我已经同意了！"朱利安确定地说，"今天早上，吃早餐之前，我们就同意了。"

波西亚非常喜欢她的新朋友露西·拉帕姆，她们有许多共同之处。两人都戴了牙套，体重八十五磅，相同的身高，都有麻疹（同一年长的！），但没有腮腺炎。两人都爱学英语，但是讨厌算术，偏爱绿色，穿三码的鞋子，都在十月出生，但不在同一星期。"这就是说，"露西说，"我们的星座相同——"

"天秤座！"波西亚说。

"相同的诞生石——"

"猫眼石！"波西亚说。

然而，两人也有不同之处。比如，露西对棒球情有独钟，而波西亚对此却一无所知。露西喜欢巨人队，波西亚喜欢道奇队（只因为朱利安喜欢）。波西亚有着褐色的直发，露西有着黑色的卷发。但是，这些差别并不重要。

"我在这里的时候，咱们可以成为最好的朋友，好吗？"露西说。

"朱利安是我最好的朋友，"波西亚直言不讳，"但是你可以做我第二好的朋友。"

"我做你最好的女性朋友。"露西说，这似乎更好听一点。

她们一边漫步，一边聊天，相互搂着脖子穿过草地。看到一棵大枫树，她们爬上去又爬下来，接着来到小河边，愉快地涉水，最后回到草地，仍在七嘴八舌地谈个不停。

"男孩子很好，"波西亚说，"至少我表哥朱利安是这样，他很友善的。但是如果要找个知心朋友，还是得找个女孩子！"

"我刚好也是这么想的。"露西说。

"答应我，不要再称呼我波西。"

"好吧，你也答应我，不要称呼我露。"

"成交。"

她们轮流坐上福斯特的秋千，仍在喋喋不休地说话。"有一些事情，我特别想告诉你，露西，"波西亚说，她在夏日的天空下荡来荡去，"但是我得先跟朱尔谈一下，这个秘密有他的一半。"

"什么秘密？哦，告诉我，波西亚，快点！"

"哦，老实说，现在不行，也许明天再告诉你吧！"

"唉！"露西叹息。

一切都很顺利。朱利安回家时，身上沾满了鬼针草和木屑，还散发着驱蚊剂的气味，他说："嘿，波西，我挑了一些人加入俱乐部，你看可以吗？我们需要帮手。"

"如果我能挑一个女孩子加入俱乐部，那就没问题，"她回答说，"我已经有一个人选了。"

接下来的两天，大雨下个不停，虽然他们没有去消失的湖，但波西亚和朱利安并没有闲着。他们选择了各自的成员，同时也进行了选举。乔·费尔德和汤姆·帕克斯辅助朱利安，露西·拉帕姆当然辅助波西亚。选举完毕后，他们才选择各自的成员，通知各位成员被授予的荣誉。然后，他们开始讲解俱乐部的功能和职责。

"成立这个俱乐部的目的是什么？"乔·费尔德问。朱利安说："这个嘛，我不知道它是否有具体的目的，对吗，波西？"

"为了乐趣！"波西亚说。

他们向会员介绍了俱乐部的独特位置，还有两位赞助人佩顿先生和奇弗太太。

"那位老先生！"汤姆·帕克斯惊叫，"我看到那位老先生开着一辆疯狂的老汽车！波克码头的每个人都嘲笑他，他们说他是不是脑子进水了……"

"他们说他还有一个更古怪的姐姐，从来不出门，"乔说，"他们说就是因为古怪所以她才从不出门。"

"听着！"朱利安说，"你们等一等！他们两人——他们很好，是最棒的人！是不是，波西？"

"他们是我认识的大人中，最优秀、最友好、最棒的人！我的父母、叔叔婶婶和学校的英语老师除外！"波西亚激动地说。

"听着！你们再说这样的话，我们就不会选你们了，就这样！我们没必要非选你们，你们懂的！"

"哦，放松点，朱尔，"汤姆·帕克斯说，"如果你们说他们人好，那么他们也许就是很不错的人，我们从没见过他们。"

"无论如何，我们想加入俱乐部，看看那个地方，"乔·费尔德说，"我听说过消失的湖，但是还没见过它。"

"嗯，如果明天雨停了，"朱利安深沉地望着窗外说，"我们就去玩一天，但是每个人都自己带午餐。还有一件事，这是秘密俱乐部，如果有必要，你可以告诉父母，但不要透露给其他任何人，好吧！"

他们都同意了，所有人都相信，秘密俱乐部就是最好的俱乐部。

幸运的是，第二天雨停了，这是一个蓝蓝的晴天。按照计划，孩子们在关卡会面——朱利安所谓的"红色旧袜子标志"。他们穿过潮湿的榛树林，走上杂草丛生的马车道，路上依然泥泞，但谁会在乎呢？

"漫漫长路，是吧？"汤姆·帕克斯说。他是个胖子，提着最大的午餐篮。

"但是值得。"波西亚向他保证。

"哇，我一直想去看看消失的湖。"乔·费尔德说。他是个棕色卷发的高个子，但是他不知道，其他人也不知道，他后来长成了一个英俊的小伙子。

他们终于到达山顶，站在山顶上，消失的湖在他们眼下一览无余。

"哇！"乔·费尔德惊叹。

"从来没有人跟我提起这个地方，"汤姆·帕克斯愤愤不平地说，"这个地方山清水秀，离家不远，却从来没有人告诉过我！"

"我觉得这里看起来有一点点吓人，"露西颤抖着说，"是不是？你觉得是吗，波西？"

"刚开始也许会觉得这里有点吓人，但是说实话，现在不会觉得害怕了。这里是最美的地方，一切应有尽有！"

"佩顿先生在那里给佛罗伦萨挤奶，"朱利安说，"大伙儿快来，你们要介绍自己。"

一个上午如梦般地溜走了，这里有太多的趣事让俱乐部成员领略一番。他们不仅认识了佩顿先生和奇弗太太，也见到了塔里苟、肥仔、山羊、鸭子（不包括母鸡）、沼泽园、旧房子，最后是俱乐部。

"嘿，这里太棒了！"汤姆·帕克斯盯着精致的房间大声说。

"你是说，我们可以使用这个房间吗？所有这些东西都可以永久使用？"乔·费尔德难以置信地说。

"他们是这么说的。"

"哇，包括那幅画？"

"一切东西。"

"他们人太好了，"露西说，"难怪你们那么喜欢他们。"

"下次我在波克码头看到他被嘲笑时，我有话要说！"汤姆保证道。

"我也是。"乔说。

午餐过后（他们在沃格哈特家的柳树荫下吃的），男孩们和佩顿先生开始架桥，波西亚和露西做了一点轻松的家务活儿。她们不时地停下说话，波西亚倚靠在扫把柄上，露西站在旁边，一手拿着掸子，一手拿着抹布。

奇弗太太从前廊搬出一把椅子，坐在那里修修补补。她间或停下活儿，闭上眼睛，向后仰头微笑。沼泽里传来孩子们的声音，塔克汤家的旧房子也传来孩子们的声音。当她闭上眼睛的时候，她似乎看到塔里苟复活了，她也还是一个孩子。

十二、夏　猫

　　那年八月的天气非常好，也许农民不会这么认为，但是孩子们喜欢。几乎每一天都阳光和煦，哲学家俱乐部的全部或部分成员几乎每一天都去消失的湖。福斯特和大卫想来的时候也会来。有时候，一些大人也会踏上这趟旅程。对波西亚和福斯特来说，八月还有一件好事，那就是他们的父母也来度假了。父母在踏上火车之前，就已经听说过俱乐部了。

　　"就在差不多淹死我的沼泽地，我们成立了一个俱乐部！"福斯特搂着母亲又跳又叫，把她的帽子碰掉在地上。

　　"沼泽地的俱乐部？"母亲问。

　　"不是，在附近，沼泽更远处一点，就在消失的湖边，你知道。我给你写的信中提起过它。"波西亚解释道。

　　"哦，在那里，好吧，我迫不及待地想看一看。"

　　波西亚后来经常想，幸好包括大人在内的所有人都喜欢明尼哈哈婶婶和品达叔叔，幸好明尼哈哈婶婶和品达叔叔也同样喜欢合得来的大人。

　　他们现在经常去消失的湖，波西亚的母亲和希尔达婶婶缓缓地跟在后面。她们在马车道上你一言、我一语，像所有的成年女人那样从容健谈。"等我长大了，我还是会跑步去，或者蹦蹦跳跳去，或者单脚跳着去。"波西亚对自己说。

有大人来的时候，奇弗太太总是高兴得激动不已。她的天鹅绒蝴蝶结像蝴蝶一样翩翩起舞，她想到的第一件事就是提供一些茶点。他们离开时，经常获赠一份礼物，比如一罐果冻或腌菜，一盒清凉油或薄荷油，或者一件从大房子取过来的小小的装饰瓷器。他们也总是带着缠绵的驱蚊剂气味离开，因为这里的蚊子可不会饶人。

"现在我知道那是什么气味了。"希尔达婶婶说。

然而，当她和波西亚的母亲请奇弗太太回访时，这位老妇人总是谢绝了。

"不，亲爱的，"她坚定地说，"我真是一只蜗牛，不想离开自己的壳，从不离开。但是，无论你们什么时候想来，我都热烈欢迎。"

就这样，他们常来奇弗太太家坐坐。

小桥一天一天地架起来了。门廊木柱的末端已被削尖，仿佛一支巨大的铅笔，尖端被槌棒打入沼泥，这根槌棒是佩顿先生用一根笔直的山核桃树干和一截硬枫木做成的。每天的敲击声和回音响彻芦苇丛，画眉怒不可遏。孩子们喜欢干这样的活儿，但是波西亚和露西帮了两天忙便不干了。

"我受够了身上天天带着泥巴。"露西说。

"不管怎样，这更像是男孩子干的活儿。"波西亚说，之后便不再参与架桥的事情了。

她们都喜欢拜访明尼哈哈婶婶，或者在林中漫步，或者探索荒废的房子，或者采摘黑莓——现在的黑莓熟了，亮如黑玉。洪保德家后面有一个古老的雪橇，用旋花草捆着，扔在地上，有时候她们就坐在雪橇上谈天说地。还有的时候，她们去沼地收集苔藓，移植到花园，这里从来不缺活儿干。

一天下午，奇弗太太领着她俩来到她家楼上的一个房间，给了她们满满一箱的舞会礼服。

"也许有朝一日，您会需要它们的。"波西亚贪婪地看着眼前的一堆衣服说。

"舞会礼服？难得穿一回！"奇弗太太笑着说。

这是她和她妹妹很久以前的衣服，还有一些更古老的衣服，是她母亲留下的。

"你们家很喜欢保留物品，对吗？"波西亚问，她掏出一件沉重的缎子衣服，由于年代久远，已经有些泛黄了。

"是的，我这一辈子都有穿不完的衣服。那件衣服，波西亚，你拿着的那件，是沃思做的，他是巴黎出了名的裁缝。我妹妹波莉也有一件同款的衣服。第一次看到她穿那件衣服时，我觉得她简直就像天使！那天晚上，在阿提卡贾斯珀家的舞会结束后，她的丈夫向她求婚了！那时候，人们懂得如何纺织缎子！"

她们从箱子里掏出一件又一件衣服，丝质的、缎子的、天鹅绒的、塔夫绸的，还有一种软薄布的料子。有些衣服由于放得太久，已经破损、变色，但许多衣服仍旧完好。所有的衣服都散发着一股樟脑味，还有一些衣服带着一丝香水味。

波西亚挣扎着钻进沃思做的那件舞会礼服，好几次穿错了方向。

"我的天！明尼哈哈婶婶，她穿这件衣服的时候多大了？我穿起来腹部不太合适！"

"哦，她应该是十九岁，那时候，年轻的女孩都喜欢穿束腰的紧身衣。波莉的腰围大概是二十英寸，她觉得比较粗。海伦娜·洪保德束腹时只有十七英寸。"

"束腰？"

"紧身衣，我看看，这里有一件。"

"天哪！"波西亚说。

露西在衬衣上套上紧身衣，再穿上牛仔裤，似乎就像奇怪的角斗士。奇弗太太拉紧背后的束带，露西几乎喘不过气来。

"啊，我的肋骨快断了，呼吸不过来！"

奇弗太太松开束带，露西往前跑了两三步，长长地舒了一口气。

"还好我们没有生活在束腰的年代！"

"而是生活在穿蓝色牛仔裤的年代，"奇弗太太认可地说，"哦，贝尔小朋友会羡慕你们的！我记得有一次，我们救了夏猫——"

"夏猫？"波西亚和露西同时问道。

"布雷斯·吉迪恩太太的夏猫。你们选好衣服后，我们去喝点柠檬汁，我再给你们讲这个故事。"

波西亚决定，无论如何也要穿上沃思做的那件礼服，但是不束腰。奇弗太太为她系上宽宽的条纹腰带，看起来更得体。

"罗马风格，"她说着在背后扎上一个大蝴蝶结，"我七岁时，婶婶尤拉莉亚送给我的，我每次生日派对，或者参加别人的生日派对，都系着那条腰带，一直系到十六岁！"

露西选了奇弗太太母亲的一件衣服，衣服上有一件可折叠的骨质衬裙。

"哎，这件衣服穿起来也只到半身。"露西说。

"没关系，这儿还有一条腰带。照照镜子，你们都很漂亮。"

"我的锁骨太突出了，"波西亚严肃地说，"胳膊肘也太尖。"

"长大就不会这样了。"奇弗太太安慰她。

露西什么也没有说，因为她觉得自己已经很漂亮了，衣服非常合身。他们走下楼梯时，轻飘飘的裙子在她的腿边摇摆。"我就像一只迎风前进的大帆船。"

"你更像一只小飞船。"波西亚说。

她们将冰凉的罐子带到走廊，端坐在那里畅饮，仿佛从前的女士那样。唯一不和谐的是波西亚脏兮兮的运动鞋尖从裙边露出来，露西宽大的旧乐福鞋也从裙摆下露出来。

"请给我们讲讲夏猫的故事。"波西亚提醒奇弗太太。

"好，现在来说说布雷斯·吉迪恩太太的夏猫。她每年都去布里特的农场或霍比特森的农场，带回几只小猫，可爱的小家伙。她将它们带回凯普瑞斯别墅，一直喂养到九月十五日，再带它们到老医生克里斯比的诊所进行麻醉。"

"不要！"露西尖叫。

"太可怕了！"波西亚大叫。

"我们也是这么想的。哦，贝尔小朋友听到后，我永远也忘不了，她直接来找我。'明尼！'贝尔小朋友说，'你知道那个可怕的胖女人布雷斯·吉迪恩太太玩腻了夏猫之后，怎么处置它们吗？她杀了它们！'哦，贝尔小朋友很生气，我也一样。'她是凶手！'我说。贝尔小朋友说：'告诉你一件事，明尼哈哈·佩顿，今年她不会这么做，因为我会偷走她的夏猫。'哦，贝尔小朋友，你不能偷！'我吃惊地说，然后她说：'我是救它们。''怎么救？'我问她，但是贝尔小朋友说：'我还不知道，但是我会想出办法的。'

"布雷斯·吉迪恩太太这个人——哦，我不知道怎么表达——每当我记起她的时候，我就想起巨大的远洋班轮。哦，不对，是战舰，是一艘战舰，乘风破浪，不断前进，其他的小船、鱼和游泳者都得给它让路。她系的束腰带——类似于今天你们看到的束腰带——把她从腰部分成两截，仿佛一个粗大的'8'。她的脸红红的——"

"也许她的腰带系得太紧了。"露西同情地说。

"也许吧，她就是那种所谓的仪表堂堂的人。是的，她是这样的人。她的帽子上插着玫瑰和羽毛，手指上戴着珠宝。哦，那么大的钻石！红宝石！一块绿宝石有如一勺薄荷果冻！她胸前挂着许多项链，有威尼斯玻璃珠、珍珠、金链。她身上有一股硬气，我无从表达。连同她的发型看起来也是硬的，好像我们在沃格哈特家看到的圆形粗面包……

"嗯，她就是这样的人。尽管独居，她也有很多仆人。要是发现盘子或杯子有缺口，她会叫来负责的女仆，指着有缺口的杯子说：'看到了吗？'然后将盘子或杯子扔到地上，摔得粉碎，接着说，'一旦有了缺口，它就只配摔碎。现在把碎片扫了吧！'"

"天哪！"露西说。

"她的脾气可真差。"波西亚说。

"是的，她是个有个性的人，但并不全坏。她家资殷实，没少跟人打交道。她爱做的一件事就是唱歌，年轻时接受过训练，梦想成为歌唱家，每年夏天都在凯普瑞斯别墅举办音乐会。父亲们都讨厌她，嘟囔着不想去，母亲们似乎都喜欢她，小女孩有讨厌她的，也有喜欢她的。（男孩很少收到邀请，因为他们被视为不听话的观众。）女孩子不喜欢总是静静地坐着，忍住不笑，但她们很享受音乐会后的冰淇淋和小蛋糕。

"每次音乐会都差不多，比如，天气晴朗时，父亲们总想出去打网球或划船。大家都对穿上盛装感到不自在，而且还要坐在不太舒服的金色椅子上。

"拉夫纳尔太太以钢琴独奏拉开音乐会的帷幕，她开场的方式非常特别，扭着手腕，闪着戒指，拧着眉毛。这最先让我们忍俊不禁，是我们遇上的第一个麻烦。我记得我妹妹帕西咬着辫子，以免笑出来，我掐着大腿，直到痛得不行。哦，这真是一场艰难的战斗！

"拉夫纳尔太太弹奏了一两首后，克雷·德莱尼会在他的曼陀林上演奏几首歌曲，我们都很爱戴他，也没有再笑了。接下来，玛丽·洪保德演奏竖琴，沃格哈特先生弹奏小提琴。这并不有趣，而是无聊，贝尔小朋友说，这令她浑身像水痘发痒一般难受。然后，布雷斯·吉迪恩太太像战舰一样走过来唱歌。"奇弗太太情不自禁地笑起来，"哦，哦，她太……"

过了一会儿，她继续说："她的声音很纯正，而且响亮、浑厚、顽强！她能用德语唱，用法语唱，用英语唱，听起来一点也不像美国人（尽管她来自匹兹堡），甚至听起来也不像英国人。她的项链颤颤发抖，闪闪发光，吊灯上的玻璃珠摇摇晃晃，我们也忍着笑摇晃起来。有时候，我会尝试想些不开心的事情，比如叔叔托马斯在阿波马托克斯被杀。虽然我从没见过他，但这种想法足以让我笑不出来。

"好吧，我说的那年夏天，我们听说过夏猫的事情后，刚好举办音乐会，你要是看到贝尔小朋友就好了！轮到布雷斯·吉迪恩太太唱歌时，她没有笑出来，真没有笑！贝尔小朋友，她就坐在那里，双臂交叉放在胸前，冷眼盯着布雷斯·吉迪恩太太，好像印第安酋长或法官一样。那一天，布雷斯·吉迪恩太太戴着一顶大帽子。（后来，我听父亲跟母亲讲，这让他想起新英格兰的卷心菜土豆炖肉。）每次她放声高歌时，帽子的边缘都上下摆动。就算那个时候，贝尔小朋友也无意想笑，我看着她也颇有同感。

"有趣的是，后来布雷斯·吉迪恩太太去找塔克汤太太，对她说：'贝尔小朋友似乎对音乐特别感兴趣，我唱歌时，她听得好入神！'"

"猫怎么样了？"波西亚打断了奇弗太太的讲述，她无意无礼，只是担心。

"我现在就要讲到了。就在冰淇淋送到餐室，漂亮的小蛋糕放到银盘上时，贝尔小朋友找到我，在我耳边轻声说：'快来，我们去找猫！''现在吗？'我说，'我饿了，这里有巧克力、香草、开心果和鲜桃！''听着，明尼！'贝尔小朋友说，'这是生死攸关的问题，我们的机会来了。'于是我说：'哦，亲爱的，好吧！'贝尔小朋友很有头脑。

"她说得非常对，这是我们最好的机会。大家都在边吃边谈，七嘴八舌的。厨子、马车夫和其他人都在厨房开着自己的派对，喋喋不休地谈天说地。贝尔小朋友和我跑过花园，那里的蜀葵都贴着纸花。（蜀葵没有开花，布雷斯·吉迪恩太太无法接受这个事实，她用绉纸剪出花朵，用胶水粘在茎上。）然后我们跑过菜园。

"'我们去哪里？'我问贝尔小朋友。'去马车房，猫关在那里。'她说。但是，当我们来到马车房时，门却锁着。

"'这个老东西。'贝尔小朋友说，'我以为她不怕客人

偷了她宝贵的四轮马车或小汽车。'

"'也许她担心他们会偷她的猫。'我说。贝尔小朋友盯着我说：'明尼，这是营救，不是偷窃！那里有一扇开着的窗户，我们快进去！'

"当时贝尔小朋友和我都穿着最好的衣服。我穿的是有白点的衣服，系着常系的腰带，贝尔小朋友穿着来自法国巴黎的花边衣，有好多好多的小花边！她没有在意，把脚伸到窗台上。'贝尔小朋友，你会把衣服弄脏的！'我说。她只是说：'哼，谁在乎呢？这是生死攸关的事！'她爬进了窗户，我是个胆小鬼，没有跟她一起进去。我瑟瑟发抖地站着，假装放哨的样子。后来，贝尔小朋友突然从窗户递出一只小猫说：'这里，接住！''其余的呢？'我问。'跑到梁上去了，我会抓到的。'她说。继而是一阵可怕的嘈杂声和喘气声，好像还有叫骂声，接着又是砰的一声。我很害怕贝尔小朋友会出事，不过她没有。她把第二只猫递出窗户说：'接住这只糊涂的家伙！它们东奔西跑，要救它们不容易！'她气得面红耳赤，发带像往常一样掉了，当她爬出窗户时，我差点惊叫起来！哦，她浑身弄得一团糟！那些花边都已经七零八落，她的长袜被划破，腿被抓伤，满身都是灰尘。'快点！'她说，'我们必须穿过温室，从那儿出去。'

"我感觉我们已经离开了很久，但是实际时间应该很短，因为当我们穿过篱笆，一直往前跑时，我们还能听到从凯普瑞斯别墅传来的谈笑声。

"'我们现在去哪里？'我问。我跑得喘不过气来，小猫不停抓着我的脖子。'去叽叽岛，'贝尔小朋友说，'我们把它们藏在那里，每天给它们送吃的。'现在我都觉得这个想法

很好。'贝尔小朋友，这个点子真不错！'我告诉她，她说她也这么认为。

"我们到达塔克汤家的船库时，她让我和小猫在那儿等一会儿，过了一会儿，她回来时已换好衣服，梳好头发，看起来有模有样，就跟往常一样。'我偷了一瓶奶喂小猫。'她说。

"我问她：'但是，要是他们看到你的衣服会怎么说，法国巴黎的那件？'她说：'哦，他们暂时看不到，我把它塞在烟囱里了。如果他们找到了它，我再想办法。'贝尔小朋友就是这样的人，'肠满今朝愁，莫添他日忧。'这是她的座右铭。"

"你们把小猫都安全带去叽叽岛了吗？"波西亚问。

"是的，我们都带去了。它们不介意坐独木舟，一点也不介意。我们把它们放进房子，做了一个窝，喂了一碗牛奶，它们很快就安顿下来。

"那天晚上，我们跟男孩说起了这件事，他们同意送鱼给我们。从那以后，无论是雨是晴，我们划小船到叽叽岛喂小猫。奶、白鲑、黑鲈，哦，这些小家伙从不缺吃的，它们长得光亮而圆肥。快离开塔里苟的时候，我们也告诉了本·杰威（他是清扫道路和修剪篱笆的老人）。他为小猫找到了安身之家，感谢他的好意。

"从那以后的每个夏天，只要我们在塔里苟，从八月底到九月中旬，布雷斯·吉迪恩太太的夏猫有时就会离奇失踪，这成为大人们心中的不解之谜。'我根本无从解释，'布雷斯·吉迪恩太太告诉拉夫纳尔太太，'但这确实省去了我去找克里斯比医生的麻烦，我想这一定是天意。'"

"你和贝尔小朋友就是上天的安排，好吧，"波西亚说，"但这是对小猫而言，不是对布雷斯·吉迪恩太太而言！"

"也许我们也从他人的安排中受益，只是我们很多时候都不知道。"奇弗太太说。

露西喝完杯里的柠檬汁，杯底还残留一些未溶化的糖。"我喜欢贝尔小朋友，"她说，"我想她一定支持巨人队。"

十三、在消失的湖的日子

小桥快完工了，令大家吃惊的是，它非常漂亮。他们期望一座实用、结实、牢固的小桥，但是没有期望它漂亮。不管怎样，卡斯尔家的精致栏杆给了小桥一种别样的氛围，它优雅地横跨在襄咽鱼泥潭上。

"它就像我们挂在家里的日本画，"朱利安说，"但那座桥是红色的。"

"好吧，我们也把它漆成红色，怎么样？"佩顿先生说，"人人都看得到它。"

"也许我们应该为它取个名字，品达叔叔。我们要庆祝一下，然后大家排队过桥，去探索叽叽岛。"

朱利安说得很对，他很擅长做这样的安排。

桥上的油漆风干后，他们举办了庆祝仪式。奇弗太太参加了庆典，她穿着有饰带的绒面呢大衣，戴着插了孔雀羽的帽子。露西穿着从舞会礼服箱子里取出的红色长裙，搭着一件钉了珠子的天鹅绒短披肩。波西亚穿着紫色的塔夫绸衣，系着罗马腰带。佩顿先生和男孩们和往常一样随意着装，福斯特和大卫更随意，一身脏兮兮的。但是所有的人身上都散发着一种喜气洋洋的气氛。

朱利安为此番庆典带来了一瓶姜汁汽水。

"你确定姜汁汽水合适吗？"波西亚问。

"为什么不可以？我们总要用些什么来庆祝啊。香槟是用来给船命名的，水是用来给婴儿命名的，你觉得我们应该用什么？巧克力牛奶？"

"神经病。"波西亚说。

夏天的傍晚，道路上光线昏暗。凉爽的秋风轻轻地拂过芦苇，发出干燥的沙沙声。朱利安将姜汁汽水瓶（瓶颈上系着缎带）递给佩顿先生。

"您愿意主持吗？"

"我的荣幸。"佩顿先生说，他接过瓶子，面向等待的人群。"女士们，先生们！"他说，"山羊、狗、猫、鸭子、鸡、蟋蟀、大黄蜂、青蛙、蛇、飞鸟，还有能听到的其他动物——"

"您忘记蚊子了。"福斯特说。

"是的，谢谢。还有蚊子、毛虫、乌龟、睡觉的蝙蝠、洪保德屋底下的臭鼬，所有能听到的动物们，今天我很荣幸主持这座小桥的命名仪式——"他放低瓶子，"朱利安，我们到底给这座桥取什么名？"

谁也没有想过这个问题，大家都安静下来。

"干脆就叫囊咽鱼桥吧？"福斯特说得貌似有理。

"好极了，你们说可以吗？好吧，以哲学家俱乐部和消失的湖边的居民的名义，我现在宣布这座小桥叫囊咽鱼桥！"说完后，佩顿先生挥舞着瓶子，将它敲碎在栏杆上。玻璃四处飞溅，姜汁汽水咝咝地流入苔藓中。

福斯特突然大叫："最后过桥的是一匹老态龙钟的马！"他和大卫一前一后跑过小桥，庄重的气氛被他破坏了。

接下来是庄严的队伍，奇弗太太、波西亚和露西提着裙子，优雅地走过小桥，紧接着是佩顿先生和三个小男孩。小桥优美地矗立在泥潭之上，虽然有些摇晃，却也非常有趣。

福斯特对这座小岛有着一种自然而然的特殊感情，他站在桥边，为奇弗太太抓住挡道的尖树枝，仿佛抓住一块窗帘。

"这个地方杂草丛生！我不敢相信，我们曾经就在塔里苟看到叽叽岛上的小屋！"

"我们很快还会看到它的，"佩顿先生毋庸置疑地说，"我们的下一个工程就是在前面砍几棵树。"

福斯特最先到达小房子，他打开房门。

"就在这里，我当时就在这里避雨，"他说，"快进来！"

"我的天，这看起来好像巫师的住处！"波西亚感慨。她

在心里对自己说，要是她独自一人在雷雨天待在这里，她会吓死的，是的，会吓死的。

"男孩们，帮我打开百叶窗，"佩顿先生说，"巫婆害怕日光，这是众所周知的事实，会让她们的头发卷起来的，她们受不了。"

百叶窗打开后，房子一下子明亮多了。

"下次来这里，我会带一把扫把，"波西亚说，"这里需要好好打扫卫生。"

露西大口地吸着气："我喜欢这座老房子，有一种松针的气味。"

"过来看看我发现的厨房，"福斯特大喊，"厨房比较整洁！"

"嗯，还不够整洁——"奇弗太太走过来提出异议。

"我是说，这厨房看起来还不错。"福斯特说。

"哦！"奇弗太太说，"哎呀，我想起从前的事了！看看，女孩们，看到墙角边的那个碟子了吗？一定是最后一只夏猫用过的——"

"嘿，品达叔叔，看看！"朱利安喊道，"看到桌面上刻的字了吗？又是塔奎因！"

"哎呀，真的！"

"塔奎因是什么意思？"

"是我们养的一只狗的名字。"福斯特率先抢答。

"是的，但是首先，他是我很久以前认识的一个男孩的名字，"佩顿先生告诉他，"有一年，他存够了钱，买了一把瑞士小钢刀。后来，他到处刻写名字，你看看这里，刻在篱笆上，刻在哲人石上（估计不是用这把小刀刻的），毫无疑问，林子里的树上还有他刻写的名字！"

"这是一座温馨的小房子，福斯，"大卫说，"我真希望它属于我们。"

"你们可以把它当成自己的，对吗，品达？"奇弗太太说，"作为哲学家俱乐部的拓展。"

"也许福斯特和大卫可以使用这里，对不对？"朱利安问其他人。"我是说，大家都有所有权，"他又匆匆补充，"但是福斯特发现了这座房子，他的所有权更大。"

"哦，老天！"福斯特高兴地跳了起来。

"哦，老天！"大卫也附和道，"我们把东西带到这里来，福斯，我去拿化学仪器和马丁掠夺者。"

"我去拿射线枪和吃的东西。"福斯特说。

"但是你们要记住，"佩顿先生告诫他们，"你们只能走小桥过来，走小桥回去，不许到囊咽鱼冒险，永远不许！"

"不会的，先生！"福斯特由衷地承诺道。

"不会的，先生！"大卫也保证，虽然他说这话并非出自内心，但也言之凿凿。

平静的湖边现在不再平静，先是斧头断断续续的劈砍声，接着是横切锯的锯木声，然后听到有声音叫喊"木材！"一棵棵绿树接二连三地倒下，叽叽岛的小屋终于重见天日。

"就让这些树待在这里吧，可以作为囊咽鱼桥的备用木材，"佩顿先生说，"谁都知道，我们不需要它们做柴火，卡斯尔城堡还有许多柴火，用完后，洪保德马车房也还有，很好的柴火，多得很呢！"

消失的湖又恢复了生机，男孩们在这里劳作，露西和波西亚坐在雪橇上或沃格哈特家的柳树枝上谈天说地。叽叽岛上，福斯特和大卫在他们的房子里跑进跑出，好像招潮蟹出入沙孔。奇弗太太坐在走廊上修修补补，不时地看着他们的一举一动，佩顿先生照看家禽和菜园时也不时地望着他们。但是两个小男孩没有注意到这些，他们尽情地玩着游戏，开展战斗，追逐打闹，快乐得有如独立的国王。

快乐的八月缓缓地溜走了，转眼到了九月。蔓延在卡斯尔废墟上的野黄瓜藤上现在已结出绿色的小瓜，毛茸茸的，仿佛圆圆的刺鈍。

"再过段时间等黄瓜干了，看上去就好像稻草编织的小钱包，"奇弗太太告诉女孩们，"小时候，我摘下这些干枯的黄瓜，用纱线把它们的一端串起来，这样我的玩偶就都有小钱包了，我曾经把种子留在里面当作钱。"

沼泽园里，黄尖的兰花展开黄黄的花瓣，白边的兰花展开白白的花瓣，鲜艳的花朵已经凋落，但是帕那色斯草依然盛开着星星点点的花朵。

奇弗太太带波西亚和露西来到沼泽与树林之间的地方，那里有深红的花朵，花团锦簇，旁边是蓝色的半边莲。

"哦，要是流苏龙胆盛开时，你们在这里就好了！这些半边莲的蓝色是很可爱，真的，但是流苏龙胆的蓝色是天堂的颜色！"

沼泽里长满了大片紫色、洋红色和黄色的花朵。紫色和洋红色的是铁草、珍珠菜和紫茎泽兰，黄色的是刚刚开花的麒麟草。

"这说明秋天要来了，"奇弗太太叹息道，"还有许多活儿要干，许多花要摘！"

活儿已经干了许多，女孩子一起帮着忙。一些人爬到野樱桃树上，将樱桃摇落到一张旧布单上。他们帮忙采摘圆圆的接骨木果，用来做果酱或酒。奇弗太太收集了不少黑莓、蓝莓、野玫瑰果，只要摘得到的果子，她都不会放过。等待收获的东西似乎无穷无尽，其中有一些确实奇怪，比如兰草根。"退烧良药，"奇弗太太说，"尽管我们很少发烧。"紫茎泽兰的叶子需要晒干。"对风湿病很有效果，"她说，"虽然我们很少有风湿病，当然有备无患。"

"是的，确实如此。"波西亚说，口气就像奇弗太太，露西笑了。

割下的当归茎秆很久前就熬制成糖，阁楼上正晾着一盘牛膝草花。

"稍后我用牛膝草泡茶，"奇弗太太说，"我用水加糖泡一泡，喝一杯可以健胃。"

"这里的一切花草似乎都可吃可用。"露西说。

"有一些是致命的毒药，"奇弗太太像巫婆一样饶有兴趣地告诉她们，"沼泽边有种植物叫毒芹，像安妮王后的饰带，它的根可以毒死一个壮年男子！"

"看起来好像无毒，"波西亚说，"只是有点儿难看。"

"许多有毒的植物外表平淡无奇，"奇弗太太说，听起来更像巫婆了，"当然，曼陀罗例外。在查特法官的老野鸡场，你就能看到这种草，它们有角有刺，跟其他有毒植物一样。"她站起身来（她一直在割薄荷），"是的，这个世界很奇妙，想想吧，就在这里，目光所及，有的芦苇可以毒死人，有的芦苇可以治病，有的芦苇可以食用，还有的芦苇可以逗猫玩儿！"

"我们去看看曼陀罗。"波西亚说。

她们没有立即动身，因为听到福斯特咚咚咚地跑过了囊咽鱼桥。（跑过桥时，桥会发出非常动听的声音。）福斯特快步流星地跑过来，他抓着什么东西，喊着品达叔叔。

"看看我发现什么了，品达叔叔！"他大喊，"您在哪里？"

大卫咚咚地跟在他后面说："看看他发现的东西，品达叔叔！"

小男孩们在叽叽岛愉快地玩了一天。到现在为止，他们一直玩得很开心。首先，他们有了一幢房子，没有人告诉他们要做什么。就因为这一点，他们不断地采摘果蔬，不停地扫卫生。

还有一件美妙的事，可以一边晒太阳，一边坐在囊咽鱼桥上吃午餐，不用担心有人叫你把面包屑也要吃掉。他们偶尔饥饿的时候，确实也吃掉了的面包屑，但是大多数时候，他们把面包屑扔进了囊咽鱼，看着它们在泥浆上漂浮了一会儿，然后沉了下去。

他们的小岛上除了小屋，还有许多其他的东西，比如芬芳的树木，成堆的灰白色水晶兰，尖尖的橙色南瓜灯蘑菇。小岛的西北端有一只破旧的小船，他们可以当作火箭船洛克西德F-90、核潜艇，有时也以当作划艇。

岛上有许多乌龟，福斯特和大卫建了一个围栏，朱利安称之为龟穴。这个围栏是用细铁丝网建起来的，圈着各种各样的乌龟，它们爬来爬去，冷眼相对，在水坑中进进出出，孩子们用三明治里的肉和生菜喂它们。它们会逃跑，但福斯特和大卫总能抓到更多，也许他们抓回的就是先前逃跑的乌龟，这很难说。

"这些乌龟没什么区别，"福斯特说，"除了有的是又红又黑，有的是又黄又黑。"

"看它们的大小，"大卫说，"我猜有的应该是父母，有的应该是子女，就像人一样。"

但是今天，他们确实发现了一只与众不同的乌龟。

他们在小岛的西岸寻找箭头，那里有一座小小的悬崖，突兀的石头上缠着松树根。每次他们发现一块或大或小的三角石时，看到的人首先就会说："哎呀，这真的是箭头！"或者说："呀！就是这块了！看看它的削痕！"两个孩子心里都知道这些石头并非真正的箭头，但是相信自己的看法也是一件趣事。

"等一下，又有一只乌龟跑了！"福斯特大叫，他匆匆跑到岸边，逮住那只正想溜走的可怜家伙，"行啊，小乌龟，抓到你了！"乌龟聪明地缩起了头、脚和尾巴，福斯特在他的牛仔裤上擦去它身上的泥土，突然大叫起来。

"咋了？"大卫问。

"它身上有刻字，看看！塔奎因！塔奎因！和厨房餐桌上的字一样。品达叔叔说的那个男孩，他甚至在乌龟身上刻上他的名字！这里还有数字。"

"让我看看！"大卫比福斯特识字多，他从朋友手中夺过乌龟，盯着那些数字。

"1891 年！"大卫惊叹道，"哇，这是一只老乌龟！"

福斯特又夺回乌龟。

"快，我们拿给品达叔叔看看！"

他们一路狂奔呐喊，跑过小岛和小桥，如愿以偿地引起了所有人的注意。

波西亚、露西和明尼哈哈婶婶满手抓着花草，走了过来。品达叔叔戴着他的防蜂面罩也走了过来。他们听到朱利安和乔从贝尔梅尔的楼梯咚咚咚地跑下，汤姆·帕克斯一身脏污，从德兰尼家的门前台阶下钻出来，他在那里玩弄一条牛蛇。（汤姆自诩为爬虫学者，但他确实是一位蛇专家。）

品达叔叔仔细地看着乌龟。

"噢，天哪！"他敬畏地说，"嗯，我记得这只家伙，我记得塔克在龟壳上刻字。看看，明尼——"

"记得，但请不要叫我明尼。"他姐姐说。

"看这里，这只乌龟被塔克抓住时就是一只成年龟。它一定和我一样的年纪，可能更老。"品达叔叔悲伤地叹了一口气，"我希望我也可以和它一样保持原样！"

"我认为您保养得更好！"福斯特热情地说，"您的气色看起来也更好。"

十四、凯普瑞斯别墅

九月的时候，大家该干的活儿都干完了，很快就到上学的日期了。波西亚和福斯特上的学校要到九月中旬才开学，但是朱利安上的学校在九月的第一个星期一就开学了，露西上的学校迟一周开学。不久，露西就会回到奥尔巴尼，她就住在那里。

夜晚凉爽而安静，北边一片光亮，星光点点。早上，青草上蒙着一片白白的薄雾，到达消失的湖时便消散了，只有阴暗处还有些许残留的雾气。芦苇上的露水闪闪发光，狐尾草在阳光下晶莹剔透，沼泽里的枫叶都已变成了深红色。

"你们有没有留意到，树叶这个词在秋天的叫法与其他季节不同？"朱利安问。

秋天是变化的季节，树木和灌木在风中啸啸作响，电线上的燕子仿佛高难度乐曲五线谱上的音符。福斯特说，林中有一只鸟，叫得很悲伤。

"它在说'电视，电视'，就这一句。"

"我们认为它在说'燕雀，燕雀'，"奇弗太太说，"但是谁能听懂鸟语呢？"

"如果是公鸟，它可能在说'看我，看我'。"波西亚说，朱利安伸出大脚，绊了她一跤。

当他们走过沼泽地时，不得不穿着上胶靴，还要避免碰上蜘蛛网。

"这是蜘蛛活跃的季节。"佩顿先生说，这是实话。芦苇丛中到处都是蜘蛛网，他们不时地碰上一张更大的网，缠着一只又黑又黄的蜘蛛，它爬过的痕迹就像艺术家的签名。

"这些晚上，我带着手电筒，出去看星星是否都在正确的位置上，"佩顿先生说，"因为有星星的时候，大蜘蛛会出来。它们的网很高，织在树枝上、晾衣绳上、屋顶上和与你一样高的位置上。每一张网中间，有一只50美分硬币大的白色蜘蛛。"

"比25美分硬币大的蜘蛛更多，"他姐姐说，"也够大了！"

一天下午，就在露西离开的前几天，她和波西亚在消失的湖后面的树林里散步。她们还没有去过这片树林，心想既然有时间，就来走走吧。这几天，沼泽也出奇地平静。大男孩都去上学了，小男孩被布莱克先生带去剪头发。奇弗太太正忙着做野葡萄果酱，佩顿先生决定睡个午觉。

"电视！"树上那只伤心的鸟唱道。

波西亚和露西走在安静的树下。多云的天气，一丝风都没有。佩顿先生说不会下雨，但是看起来似乎随时会下雨，空气中有一种凉爽的感觉。

"嘎咯，嘎咯！"一只乌鸦在远处啼叫着，寂静的空气中，叶子一片一片地飘落下来。

"现在就落叶太早了。"露西面带愠色地说。

"是的，真讨厌！"波西亚说，"哦，我希望现在只是开始！"

"我也是，"露西长叹一声，"波西亚，你看看，这像是一条小路吗？"

"也许是很久以前的路，我们看看它通向哪里。"

小路上杂草丛生，有时候她们找不到前方的踪迹。她们努力寻找着小路的蛛丝马迹，过了一会儿，露西说："我们碰上什么东西了，你看，有一堵墙！"

"还有门柱！"波西亚说。

这些门柱高过她们，缠满了毒葛。透过深红的叶子，她们看到凸起的方块水泥字，好像墓碑上的字一样。波西亚捡起一根树枝，扒开毒葛，读着门柱上的字。

"凯普瑞斯别墅！露西！这是布雷斯·吉迪恩太太的房子！这么多年来，从来没人进过她家，我们去看看！"

"好吧，也许有点恐怖，前面的树看起来也有点可怕。"

"哦，我觉得都很好啊，快来。"

门柱的前方，一定是从前的车道，它与刚才走过的小路一样，几乎长满了杂草。正如奇弗太太所说，树林在很久以前就占领了凯普瑞斯别墅，许多树木看起来阴森，是因为缠满了凌乱的金银花藤，不太像树，更像弯腰的巨大人影，也像沉没的帆船。

"呀，好安静，是不是？"波西亚大声说道。

"嘘，是的，如果你像刚才那样大叫，会让它显得更安静。"露西反驳道。

"布雷斯·吉迪恩太太为什么需要这么多路呢，我很好奇。哎呀，房子在哪儿呢？"

"就快到了，我看到了——"

树木渐渐地稀少了，拐过弯，她们停下了脚步。凯普瑞斯别墅就矗立在空地上，杂草和荆棘已有窗台那么高。

整栋别墅像海底的一块巨石，所有的塔楼、凸窗、城垛和阳台都覆盖在巨大的绿藤之下。房子外围的女贞树篱长得树一般高，弯弯曲曲，有如波浪。

"哎，看起来有点吓人，是不是？"露西说。

"有一点，"波西亚承认，"既然我们来了，露西，我们就去看一看，也许可以找到窥视房内的办法。"

"好吧。"露西面带顾虑地同意了。

她们穿过紫菀和野翠菊，蟋蟀在这里窜来窜去。

"明尼哈哈婶婶说，走廊上有猫头鹰。"波西亚说。

"哦！"露西说，她一点也不确定自己对猫头鹰的感受，或者猫头鹰对人的感受。

走廊位于一个拱形门廊之下，四根石柱支撑着门廊。

"我们去走廊吗？"露西轻声地问。

"当然。"波西亚也轻声说，她本人对猫头鹰也有点害怕和怀疑。

房子的两边都有走廊，宽阔的走廊上有着宽阔的栏杆。更多的石柱支撑着屋顶，屋檐上垂下的爬山虎仿佛一道绿色的帘子。虽然她们踮着脚，但走廊地板在她们脚下轻轻地震动。在叶子堆和咬剩的橡子堆里，她们看到了粪便和猫头鹰羽毛，但是没有看到猫头鹰。

"我猜它们去南方了。"波西亚说，露西长长地舒了一口气。

她们找不到窥视房内的孔眼。布雷斯·吉迪恩太太没给他人机会，窗户用木板钉得很牢固，前门没有钉木板，但是拴上了铁条。

露西和波西亚踮着脚，沿着走廊侧边的台阶穿过荆棘，来到房子后面，但是后门也被封住了。

"哎，"露西说，她现在已经不再担心了，"她家房子里放了什么？钻石还是其他东西？"

"我也希望我知道。"

他们来到房子的西侧，这里没有走廊，露西尖叫一声：

"你看！"

波西亚看到钉住凸窗的三块木板中，有一块已经松垮垮地掉落在藤蔓上。两个女孩一言不发，扒开藤蔓来到窗户边，扳开没有缠着藤蔓的木板。木板重重地掉下来，打在露西的脚趾上，她痛得又跳又叫。等她停止叫唤的时候，又发现了其他值得抱怨的事，因为木板后的百叶窗用铁丝缠在了一起。

"但是我想，"波西亚说，"我们能不能找块石头来，铁丝锈得很厉害。"

"你觉得有必要吗？"

"哦，为什么不打开窗户呢？房子不属于任何人，我们可以把百叶窗再用铁丝串起来。哦，露西，我好想看看房子里面有什么！"

"我也想看。"露西说，她的顾虑一消而散。

她们在马车房找到一块有用的石头和一块旧金属，然后开始撬铁丝，由于锈得很严重，铁丝很快就被撬开了。两个女孩子抓住百叶窗往外拖，窗叶嘎的一声断了，她们伸着头，急切地往屋里看。

她们什么也没看到，布雷斯·吉迪恩太太在离开前，下令装上了遮光窗帘。

"天哪！"露西说。

"她考虑很周全，"波西亚说，"我的天，真是一个多疑的女人！"

她们筋疲力尽地盘腿坐在芦苇中。波西亚捡起一根草茎放在嘴里咬着，露西数着手臂上的伤痕。这里很安静，两个人突然都意识到了这一点。乌鸦已经飞走，天空中嗡嗡作响的小蜻蜓也飞走了。一片树叶掉在草地上，两个人都吓了一跳。

在灰白的光线下，露西的面色看起来绿绿的，很严肃。"我觉得——"她刚轻轻地说，突然从封锁了半个世纪的房子内传来一声可怕的声音，令人毛骨悚然！这一声仿佛是钢琴声，但是很刺耳。这尖锐刺耳的声音好像有人生气地用拳头敲击琴键。

"救命！"露西大喊。

"快走！"波西亚说，她们赶紧跑开，跳着穿过杂草，心里怦怦直跳。露西被金银花藤绊倒，跌了一跤，但她很快站起来又往前跑。到达门柱的时候，她们才放慢速度。

"房子里有鬼，"露西喘着气，与波西亚一路小跑，"刚才那个是鬼！"

"哦，没有鬼，"波西亚说，"我认为没有，也许是窃贼。"

"他怎么进去的？一定是鬼！"

"我们得马上告诉品达叔叔！"

"哦，我知道。但是我要休息一下，先喘口气。"

"好吧，快点。"波西亚气喘吁吁地说，紧张地回头看了看。

她们从消失的湖边的树林出来时，刚好碰见佩顿先生开着汽车离开。她们歇斯底里地呼喊，然而汽车的隆隆声压住了她们的喊声，佩顿先生没有听到。

"怎么回事？"佩顿先生的厨房传来朱利安的声音。

"哦，谢天谢地，你回来了！"波西亚叫着冲进来。

朱利安坐在餐桌边，目不转睛地盯着一个罐子，罐子里有一条五英寸长的毛毛虫。他面色温柔，如一位母亲望着熟睡的宝贝。

"看看，波西，有一只飞蛾——"

"等一下，朱尔，听着！有人进了凯普瑞斯别墅！"

"或者其他东西，"露西惊慌地说，"我认为是鬼！"

"你们在说什么？"朱利安问，他的视线从未离开过罐子里的大家伙。

当她们说出看到的一切后，朱利安才缓过神来，脸上露出欣喜的神色。

"快点，我们走吧！"

"哪里？"

"当然是去凯普瑞斯别墅。"

"哦，朱尔，等一下品达叔叔，或者报警。"

"还要浪费时间？胡说八道！"朱利安坚定地说，"汤姆在这里，我们和他一起去。"

"露西和我及明尼哈哈婶婶就在这里等待。"波西亚说。

"听着，我们需要你带路。"

"哦，天哪！"露西说。当她看到飞蛾的真面目时，吓得叫了起来。

"露西，你唯一愚蠢的地方就是对飞蛾的反应，"朱利安说，"好了，快来，我们去找帕克斯。"

"我们要告诉明尼哈哈婶婶吗？"

"我觉得最好不要让她担心。"朱利安考虑得很周全。他担心如果告诉奇弗太太，她也许会反对此行。"我想想看，我已经有了童子军刀，再借用一下品达叔叔的手电筒。有没有办法进入凯普瑞斯别墅？"

"有一扇窗户。"波西亚颤抖地说。

"好吧，我借一把小斧头给汤姆，真希望有一把枪。"

"哦，天哪！"露西又说。

他们叫汤姆·帕克斯的时候，他正从德兰尼家房前的台阶走出来，脖子上挂着那条牛蛇。

露西又尖叫一声。"这些可怕的东西，"她说，"可怕的声音，可怕的飞蛾和可怕的蛇！我希望心脏病不会发作。"

"五十年后，你也许会有心脏病，"朱利安无动于衷地说，"快来，帕克斯，别跟你的朋友待在一起了，我们有活儿要干。"

"哎，还有活儿？"

当汤姆听说要干的活儿时，脸上露出开心的神色。

他们到达凯普瑞斯别墅的门柱时，波西亚和露西显然不愿意再走近了。

"你们沿着足迹走，就走到窗边了，"波西亚说，"窗户在没有走廊的那一边。"

"如果你们大喊，我们听得到的。"露西满怀希望地说。

"火速救援，是吧？"

"我们可以搬救兵。"

"你们都是胆小鬼，好吧，再见！很高兴知道你们是什么样的人。"朱利安开心地说，他和汤姆昂首阔步地走开了。

"哦，天哪！"露西说。

"哎，这里看起来好像不欢迎客人，是吧？"过了几分钟，汤姆看着爬满藤蔓的房子说，"这里让人有点不舒服，兄弟。"

"你不会也退缩了吧？"朱利安说，虽然他觉得自己也不是什么英雄。这里太安静了！汤姆向他保证自己不是胆小鬼。

"现在我知道女孩们的感受了。"他摸着别在腰间的小斧头说。

他们蹑手蹑脚地走过杂草，来到房子的西边，一眼就看到了扯掉木板的窗户。他们屏住呼吸，静静地听了几分钟，什么声音也没听到。

"有人吗？"朱利安大喊了一声。

当然无人应答，什么声音也没有。

"既然我们来了，就得想办法进去。"他说，他自己都没觉察到自己有这么大的勇气。

"窗户锁住了。"汤姆说。

"我们敲开一块窗格，把手伸进去打开窗锁，就像电视上演的那样。"朱利安说，他捡起露西丢下的那块石头，砸向窗格，窗格立刻破碎了，他伸手进去扭开了窗钩。

"现在可以进去了。"他说。

他们一起用力推开了窗户。汤姆用力拉开了遮光窗帘，窗帘从他手中滑落，砰的一声掉在了地上。

"女孩会认为我们被袭击了。"朱利安估摸着说。确实如此，随即传来波西亚恐慌的声音："朱尔，发生什么事了？"

"是窗帘的响声！"他安慰道，"快来，汤姆，我们进去吧，你想先进吗？"

"你先进，亲爱的朱尔。"汤姆鞠着躬说。

房子里阴凉而潮湿，朱利安和汤姆先后爬上窗台，小心地放下一只脚，踩上毛茸茸的沙发垫，扬起一阵灰尘。

"灰尘是怎么进来的？"汤姆好奇地问。

"到处都有灰尘。"

光线透过常春藤从窗户射进来，他们发现自己置身于一个小房间，也许是书房。房内有一张桌子和一个装书的玻璃面柜子，墙上有许多画着威尼斯和城堡之类的水彩画。

小房间的门开着，他们走过去，进入漆黑的大厅，朱利安打开了手电筒。

他们右边是大前门，横梁已被外面的木板钉住，左边是宽宽的向上盘旋的楼梯，扶手由结实的橡木制成，端柱上是一个四英尺高的女铜像，身上裹着湿被单和葡萄藤似的东西。她的脸上有一个小酒窝，单脚而立，另一只脚淘气地伸在空中。她高高地举着火炬，火炬上有一个流苏灯罩。

"她好像蓝普利姆日杂店的收银员麦柯迪小姐，"汤姆笑着说，"不过我从没见过麦柯迪小姐摆过这种姿势！"

他和朱利安容光焕发，饶有兴趣地看着房子里的一切，心里的担忧一消而散。

"女孩子就是想象力丰富。"汤姆说。

"哦，我猜那是她们的本性。"朱利安附和道。

他们隐隐约约地看到大厅里深色的家具。前门边放着一个带孔的绿色伞架，里面有几把老旧的雨伞，旁边是一个衣帽架，雕着爪牙、龙头和凤梨或类似凤梨的花纹。朱利安饶有兴趣地看着衣帽架，没有留意到脚下的铸铁哈巴狗，以致绊了一跤。他爬起来，满身都是毛茸茸的灰尘。

黑暗之中，大厅的对面浮现出一道拱门，他们大胆地走过去。在手电筒的光束下，他们看到一个巨大的房间，里面满是模模糊糊的物品，深色油画的边框和小椅子的弯角处闪过一丝光亮。地板上立着一个覆盖起来的大东西，好像一个倾斜的心脏。"也许是竖琴？"朱利安说。天花板上也挂着一个包裹起来的东西，仿佛一个大黄蜂窝。他们走在落满灰尘的地面上，头顶的大黄蜂窝叮当作响。

"那是什么，吊灯吗？"汤姆轻快地说。

壁炉架上是一个带荷叶边的壁炉，还放着小瓷雕、带棱镜的枝形大烛台、半个世纪来一直停留在三点半的闹钟、水钻眼的玻璃牛头犬、松绿石眼的铜眼镜蛇，还有一个生锈的镜框，镶着西奥多·罗斯福画像。

"我敢肯定，他是一个思考者。"汤姆说。

"看看那架金红色的钢琴，哇！"朱利安惊叹着转移手电筒的光束。就在他说这些话的时候，他想起来了，正是这架钢琴的声音吓坏了女孩们。然而，这时手电筒的灯光突然熄灭了。

顿时一片漆黑。

"嘿，怎么回事？"汤姆急切地问。

"我猜没电了，也许是先前摔倒的时候碰坏了。"

"也许是——"汤姆轻轻地说，"但是我不相信有鬼，你呢？"

"不相信，没有鬼的。"汤姆坚定地说。

他们摸索着向门口走去，脚步在黑暗的房间内发出轻微的咚咚声，咦，那是什么？一个小家伙唰唰地跑过地面，匆匆的爪子从朱利安脚上一掠而过。

朱利安大叫一声，冲向一侧的像竖琴一样的东西，竖琴发出刺耳的叮当声倒在地上。更糟糕的是，他被撞得晕头转向，朝着他以为是墙的方向走去。当他伸出手时，却摸到了许多串冰凉的物品，像雨点打落在铁皮屋顶上一样哗啦哗啦地响着。

"汤姆！"朱利安撕心裂肺地大喊。

"这里，往这边走，门口在这里！"汤姆颤抖地说，"你没事吧？"

"我不知道，有东西从我脚上爬过，不知道是什么。我们赶紧出去吧！"

"我不会再说，我不相信有鬼了，"汤姆信誓旦旦地说，"我现在确实相信有鬼，真的。"他说这些话，仿佛是希望可以安抚溜达在房子里的幽灵。

最后，他们回到书房，得以重见日光，心里的恐惧顿时烟消云散。这时，他们刚好看见一只敏捷的松鼠，轻轻地跳到沙发上，又向打开的窗户跳去，在窗台上坐了一会儿。它看了他们一眼，又望向日光，重重地甩了一下尾巴，好像在表达什么看法，然后跳出了窗外。

"有鬼！"朱利安说，不知道他是在笑还是在叫。他似乎回到了小时候，比福斯特还小。

"天哪，歇一会儿吧，我真的差点以为——"汤姆怯懦地说，"你猜它是怎么进来的？"

"从烟囱钻进来的，也许是掉下来的，爬不上去了。"

"朱尔？"外面传来波西亚的声音，"哦，朱尔，你在哪里？"

他跳上窗户说："我们没事，波西！那个鬼只是一只松鼠。听着，房子很好，有一架红色的钢琴，还有吊灯和其他的东西！"

"不恐怖吗？"

"不，谁会害怕小松鼠呢？听着，我们明天再来，大家一起来！"

"多带几个手电筒，兄弟。"汤姆喃喃地说。

他们在消失的湖边停下来，将经历的冒险告诉了明尼哈哈婶婶和品达叔叔。在红袜子标记旁与露西和汤姆分别后，波西亚和朱利安拖着疲倦的身子回家了。

"我感觉就像从战场回来一样。"朱利安说。

"我也一样。"波西亚说。

"你知道吗，波西？我没告诉任何人，如果你敢——"

"哦，我不会，我不会！"

"嗯，我当时真的很害怕，像个胆小鬼似的，我猜你听到我的叫声了。"

"嗯，我觉得你很勇敢，"波西亚说，"如果我与松鼠待在那个伸手不见五指的地方，我会吓死的，肯定会吓死的。"

十五、凯普瑞斯别墅续篇

第二天刚好是星期六，一列队伍七嘴八舌地说着话，沿着泥泞不堪的小路走向凯普瑞斯别墅。波西亚和朱利安走在前面，接着是露西、汤姆和乔、奇弗太太和她的弟弟佩顿先生——他开心地挥舞着手杖，然后是其他的大人，有布莱克夫妇、希尔达婶婶和杰克叔叔，最后是福斯特和大卫，他们东悠西晃，因为福斯特牵着系了项圈的小狗格利佛。格利佛是他和波西亚亲自挑选的小狗。

"难以相信，我真的又要去看那里了！"奇弗太太说，"想想吧，品达，半个世纪了，五十多年了！"

在和煦的晨光下，有了大人的陪同，树木似乎不再可怕。当凯普瑞斯别墅进入他们的视野时，看起来又古老又孤单，令人伤感。

"我好喜欢这些水蜡树。"波西亚的母亲说。波西亚的父亲拍着一棵苹果树说："冬季粗皮苹果！世界上最好吃的苹果，长大以后我就再没尝过。"

打破这里宁静的不是只有他们的谈话声，一群燕八哥飞到水蜡树上，叽叽喳喳地叫着，蓝冠鸦在橡树上粗声大叫。此外，还有各种其他的叫声交织在一起，其中以蟋蟀的叫声最大。

"奇怪的是，我们没有留意到它们什么时候开始叫的，"朱利安说，"仿佛它们突然就在那里了。"

"看看，菊花！"波西亚的母亲叫道，她折下一根深红的小树枝，"它们需要修剪，但是这颜色多漂亮。"

"我看到那边有一间破旧的玻璃温室，福斯，"大卫说，"快，我们去瞧瞧！"

耀眼的阳光下，福斯特牵着格利佛这边走走，那边溜溜，仿佛拉着上钩的大鱼。

"我从没见过这种藤，"波西亚的母亲说，"你猜它生长了多少年？"

"哦，很多年了！"奇弗太太对她说，"布雷斯·吉迪恩太太种的，那时我还是一个小孩子。藤长得很慢，惹得布雷斯·吉迪恩太太非常生气，但是万物都需要时间才能长大。"

波西亚想知道奇弗太太到底怎样才能爬过窗户，她穿着褶边的黑色丝裙，系着长穗的围巾，围巾上粘了不少芒刺。

"希尔达，那是智利南美杉吗？"波西亚的母亲指着一棵树问，"我觉得那就是，智利南美杉！"

那是一棵高高的怪树，长在金银花丛中，伸展的树枝仿佛瓶刷。

"今天看到的一切好像一个梦，"希尔达婶婶说，"朦胧的光线，怪异的树木，整个地方都像——"

"美梦还是噩梦？"波西亚急切地问。她对凯普瑞斯别墅的感受就像福斯特对叽叽岛的感受一样，是"新大陆"的发现者，她希望人们喜欢它。

"哦，是个美梦，"她婶婶确切地对她说，"一切都很和平，难以置信。"

嗯，对我而言，跟其他一切东西一样真实，波西亚心想。

"这不像梦。"杰克叔叔稍后抱怨说，他走上走廊，踩了个空。"哎哟！"他叫了一声，弯腰捡出掉进袜子里的碎片。幸好摔得不重，走廊距地面只有两英尺高。

此后，每个人都走得非常小心，但是木地板在他们脚下咚咚地颤抖。

"不结实，"佩顿先生用手杖敲着地板说，"难怪会摔倒，不过，我敢打赌，屋顶很牢固，是石板盖的。"

他们来到房子后面的凸窗边，奇弗太太感到焦虑不安。

"哦，我不知道，品达，你认为我们应该进去吗？"

"我们不是搞破坏，也不是盗窃，明尼！我们只是看一看，然后再关上门。"

"嗯……哦，好吧，我和你一样都迫不及待地想看一看。"

波西亚父亲和杰克叔叔奋力把奇弗太太扶上窗台，她撩起裙子，敏捷地跳了进去。接下来，他们听到她喷嚏连连。

"哎呀，灰尘真多！"

他们一个接一个地爬上窗台，跳进书房。

"福斯特？大卫？"希尔达婶婶叫道，但是两个男孩没有听到。

波西亚的父亲望向书柜的玻璃门，大声读着书名。

"《提比略的怜悯》《通往美国军队委员会的三条路》《牺牲的故事》《吉卜赛巫婆预言家》！"

"看得出来，布雷斯·吉迪恩太太是个兴趣广泛的人！"杰克叔叔说。

大家到齐后来到大厅，现在大厅已被多支手电筒照得通亮。

"天哪！"波西亚的父亲说，他被端柱上的那尊女铜像迷住了。

"那是麦柯迪小姐,"汤姆说,"你好,麦柯迪小姐!"

"当心那只铸铁狗,别碰上了,"朱利安警告说,"前面的这个大房间就是我的手电筒熄灭的地方,也是发现松鼠的地方。"

"布雷斯·吉迪恩太太称这儿为'画室',"佩顿先生说,"塔里苟的每家每户都有客厅,但是布雷斯·吉迪恩太太有一个画室。"

一排手电筒的光搜索着黑暗的大房间,搅动的灰尘落在他们身上,痒痒的。

"我真不敢相信!"波西亚的母亲叫道。

"我在黑暗中碰到的一定就是珠帘,"朱利安回想起来都瑟瑟发抖,"感觉就像好多骨头和关节,唉!"

他走过去,再看看珠帘。它由许多串起来的珠子构成,其中有小竹筒,也有玻璃珠。一些串线因为年代久远,已经断掉了,珠子散落在地上,堆成一小堆。朱利安用手指拨弄着挂珠,只听到哗哗的清脆声,珠子好像冰雹或雨点打落在树叶上一样。

"声音很好听。"他说着又轻抚着珠子。

乔说这让他想起摇骰子的声音。

波西亚和露西摸着壁炉架上的装饰物,大人们对看到的物品惊叹不已。

"我真不敢相信!"波西亚的母亲看着金红色的弧形钢琴反复说,琴键两端分别立着一个美人鱼雕像。

波西亚的父亲将手放在琴键上一按,发出清脆动听的弦声。

"这跟松鼠的叫声几乎一模一样,"波西亚的父亲说,"但是它不用弹琴。"

"哦,我们一点也不害怕!"波西亚说,和朱利安一样,她心有余悸地颤抖了一下。

波西亚的父亲又按了一下琴键。

"我不知道这架钢琴还能不能修好，它在这里搁置了五十多年，只有飞蛾和老鼠做伴，它以前很漂亮……"

杰克叔叔踱着步，看着一幅又一幅油画，用手帕擦去每幅画上的灰尘。他欣赏了一位头戴假发的老先生，又欣赏了金字塔和几只羊，现在又来到一位女士的画像前。

"这是谁？她穿着裙子，拿着扇子，一定是位女士，但看起来像陆军上校。"

奇弗太太拍着手，咯咯地笑着，好像还在上学的小女孩一样。"哦，那是布雷斯·吉迪恩太太，就是她，画得很逼真！"

"她看起来好像很生气。"露西若有所思地说。

"这是她的专用座椅，"奇弗太太补充说，"她以前就坐在这里，端正得像根通条，两脚交叉，穿着钉珠的拖鞋。哦，我记得好清楚！"

椅子由雕花的橡木做成，有着高高的后背，两边的扶手被雕刻成举着双臂的两位女士。

"那时候，女性被视为弱势群体，"杰克叔叔说，"却又被选来负重，她们举着煤气灯，抬着钢琴，甚至抬着布雷斯·吉迪恩太太！"

"还抬着壁炉架。"奇弗太太说，她揭起壁炉上的罩布一角，确实发现了一尊雕刻的女石像。

"男孩们，我们去看看能不能打开前门，"佩顿先生说，"如果一处地方的铁钉生了锈，其他地方的铁钉一定也生了锈。这座房子需要换换空气。"

男孩们与两个大男人跟着他离开房间，其他人继续东翻西找。等待他们探索的东西还有很多，其中有摆着老式家具的餐室和大厨房。

"看看，所有的厨具都在这里。"波西亚的母亲轻声地说。在这安静而多尘的房子里，想不说话很难。

"越来越像梦了。"希尔达婶婶也轻声说，波西亚和露西觉得好诡异。

就在这时候，从走廊方向传来砰砰的声音。

"我觉得前门不会被他们打开的。"奇弗太太说着向楼梯走去。女士们一个个地跟在她后面，小心地扶着上漆的扶栏。到了楼梯中的平台时，露西突然大叫一声，就在她们面前，立着一副完整的盔甲，包括头盔在内，一副威严的样子。

"是空的，露西。"波西亚安慰道，她敲着金属甲，发出清脆的响声。

"这幢房子充满了惊喜。"露西感叹道。

"我知道，整个夏天都充满了惊喜，大多是好事，我就喜欢这样。"

"我也喜欢。经历了这些事后，奥尔巴尼看起来太平常了。"

在楼上的许多房间中，她们看到了黄铜床架、瓷质盥洗盆和镶框的金属雕刻品，波西亚和露西对其中的一间情有独钟。它是坐落在塔楼上的一个圆形小房子，有着弧形的窗户，窗下是弧形的窗台。壁纸上的图案是勿忘我，已经有些褪色了，还有一张精致的小桌子，抽屉的锁孔里插着钥匙。如果百叶窗开着，她们可以看到门柱那边的草地和苹果树，还有更远处的树林。

"妈妈？爸爸？大家都在哪里？"楼下传来福斯特的声音。

"哦，可怜的孩子，我们忘记他们了！"他母亲说。

"来了,福斯!"波西亚叫道,"等一下,我就下来!"

福斯特见过麦柯迪小姐后问道:"她是谁?室内的自由女神像?"

当他看到那副盔甲后,又说:"哇,好漂亮的机器人!"

后来,他们都下了楼,等待他们的是另一个惊喜。正如奇弗太太所料,大男人和小男孩都没能打开前门,但是他们设法撬开了画室的一扇窗户。

阳光照进来,他们看到大黄蜂似的吊灯上挂着一张张蜘蛛网,窗户上深红色的窗帘已经破烂,所有的物品上都落满了暗淡的灰尘。但他们也看到房间很漂亮,或者说,可以变得很漂亮。

"你知道吗,如果不算那个糟糕的走廊——"希尔达婶婶说。

"我知道,我在考虑。"波西亚母亲神秘兮兮地说。

"除去窗户边的藤蔓——"

"把墙壁刷白——"

"换上鲜艳的窗帘——"

"但是,如果没有房东——"

"肯定有房东的,"佩顿先生出乎意料地说,"即使州政府还不知道,也有房东的,《转归法案》有规定。"

"什么规定?"奇弗太太问。

"《转归法案》规定,如果房子无人继承,或无人认领,五十年后将自动转为州政府财产。"

"我们擅闯他人住宅了,是不是?"

"有一点吧,"他弟弟承认,"但是我们没有做坏事,我们离开后,也会用木板重新封起来的。"

波西亚父亲严肃地看着西奥多·罗斯福的画像,然后说:"我想知道，我们该向哪个州提申请呢？"

就在那时，波西亚心中闪过一丝前所未有的希望。

"爸爸，您是说，我们也许会买下它？"

"你喜欢吗？"

波西亚想到了塔楼上的小圆房，还未探索的其他房间，外面的树木，还有《吉卜赛巫婆预言家》。她双手合十，热切地看着父亲。

"哦，爸爸！"她祈祷说。

"你呢，福斯特？"

福斯特想到了轨道空间站一样的温室，楼梯上的那副盔甲，智利南美杉和光滑的栏杆，他轻轻地跳了一下。

"嗯，格利佛也会喜欢的。"

"顺便问一下，格利佛在哪呢？"

"系在一棵树上，没事的。"

"这里到消失的湖有点远，不用担心被蚊子咬。"佩顿先生说。

"不算远，还没远到您不能来看我们，对吗，明尼哈哈婶婶？"波西亚央求道。

"我想说，刚好在我的边界线范围内！"她笑着说。

他们一个接一个地爬出窗外，大人和小孩子身上都脏兮兮的。他们约好午餐后再回来，在用木板封好窗户前再探索一下。太阳高高地悬在空中，薄雾已经消散。

"现在不像梦了，对吗，希尔达婶婶？"

"不像，"希尔达婶婶说着转过头，"如果割了草，拆掉走廊和窗户上的木板，我能想象到它的样子，很漂亮的房子，舒适而真实。"

"如果真能买下就好了，波西，"朱利安说，"这里有很多花花草草。"

"也许我们可以养一匹马。"福斯特说。

他父亲一手搂着他，一手搂着波西亚。

"知道吗，孩子们，我们和那幢房子之间至少有七十二个'如果'。"

"哦，更多，一百七十二个，"他的母亲纠正道，"亲爱的，你们不要期望太高。"

但是，她看起来开心快乐，满怀希望，过了几分钟，他们听到她对希尔达婶婶说："我觉得黄色的窗帘会很合适。"

"如果州政府允许，"他们父亲继续说，"价格不算太贵，不需要做很多维修工作，不需要花费太多，还有——"

然而——谁知道结果呢？当然，波西亚和福斯特可以确定，终有一天，每个"如果"都可以被解决，凯普瑞斯别墅会成为布莱克一家的房子，他们每年都可以在这里度夏。

想到这些，福斯特开心得又跑又跳。

"快来，格利佛，老男孩！快来，大卫！"

他们像塔斯卡洛拉部落的印第安人一样，一边跳着，一边叫着离开了。

波西亚的表现却不太一样，她感到平静又幸福。

"哦，我满怀希望，并为此祈祷。"她说。

奇弗太太轻轻地走在她身边说："我有一种感觉，波西亚，我骨子里有一种感觉，你们的梦想很快就会实现的。"

"真的吗，明尼哈哈婶婶？你确定吗？"

"我确定，"奇弗太太说，"是的，百分之一百的确定！"